共和国故事

农民心愿

—— 全国农村普遍实行包产到户政策

郑明武 编写

吉林出版集团股份有限公司

图书在版编目（CIP）数据

农民心愿：全国农村普遍实行包产到户政策/郑明武编. —长春：吉林出版集团股份有限公司，2009.12

（共和国故事）

ISBN 978-7-5463-1776-2

Ⅰ. ①农… Ⅱ. ①郑… Ⅲ. ①纪实文学 – 中国 – 当代 Ⅳ. ①I25

中国版本图书馆 CIP 数据核字（2009）第 237741 号

农民心愿——全国农村普遍实行包产到户政策
NONGMIN XINYUAN　QUANGUO NONGCUN PUBIAN SHIXING BAOCHAN DAO HU ZHENGCE

编写	郑明武		
责任编辑	祖航　李娇		
出版发行	吉林出版集团股份有限公司		
印刷	三河市嵩川印刷有限公司		
版次	2010年1月第1版		2022年1月第8次印刷
开本	710mm×1000mm　1/16	印张　8	字数　69千
书号	ISBN 978-7-5463-1776-2		定价　29.80元
社址	吉林省长春市福祉大路5788号		
电话	0431-81629968		
电子邮箱	tuzi8818@126.com		

版权所有　翻印必究

如有印装质量问题，请寄本社退换

前　言

自1949年10月1日中华人民共和国成立至今,新中国已走过了60年的风雨历程。历史是一面镜子,我们可以从多视角、多侧面对其进行解读。然而有一点是可以肯定的,那就是,半个多世纪以来,在中国共产党的领导下,中国的政治、经济、军事、外交、文化、教育、科技、社会、民生等领域,都发生了深刻的变化,中国人民站起来了,中华民族已屹立于世界民族之林。

60年是短暂的,但这60年带给中国的却是极不平凡的。60年的神州大地经历了沧桑巨变。从开国大典到60年国庆盛典,从经济战线上的三大战役到经济总量居世界第三位,从对农业、手工业、资本主义工商业的三大改造到社会主义市场经济体制的基本确立,从宜将剩勇追穷寇到建立了强大的国防军,从废除一切不平等条约到独立自主的和平外交政策,从"双百"方针到体制改革后的文化事业欣欣向荣,从扫除文盲到实施科教兴国战略建设新型国家,从翻身解放到实现小康社会,凡此种种,中国人民在每个领域无不留下发展的足迹,写就不朽的诗篇。

60年的时间在历史的长河中可谓沧海一粟。其间究竟发生了些什么,怎样发生的,过程怎样,结果如何,却非人人都清楚知道的。对此,亲身经历者或可鲜活如昨,但对后来者来说却可能只是一个概念,对某段历史的记忆影像或不存在,或是模糊的。基于此,为了让年轻人,特别是青少年永远铭记共和国这段不朽的历史,我们推出了这套《共和国故事》。

《共和国故事》虽为故事,但却与戏说无关,我们不过是想借助通俗、富于感染力的文字记录这段历史。在丛书的谋篇布局上,我们尽量选取各个时代具有代表性或深具普遍意义的若干事件加以叙述,使其能反映共和国发展的全景和脉络。为了使题目的设置不至于因大而空,我们着眼于每一重大历史事件的缘起、过程、结局、时间、地点、人物等,抓住点滴和些许小事,力求通透。

历史是复杂的,事态的发展因素也是多方面的。由于叙述者的视角、文化构成不同,对事件的认知或有不足,但这不会影响我们对整个历史事件的判断和思考,至于它能否清晰地表达出我们编辑这套书的本意,那只能交给读者去评判了。

这套丛书可谓是一部书写红色记忆的读物,它对于了解共和国的历史、中国共产党的英明领导和中国人民的伟大实践都是不可或缺的。同时,这套丛书又是一套普及性读物,既针对重点阅读人群,也适宜在全民中推广。相信它必将在我国开展的全民阅读活动中发挥大的作用,成为装备中小学图书馆、农家书屋、社区书屋、机关及企事业单位职工图书室、连队图书室等的重点选择对象。

编　者

2010 年 1 月

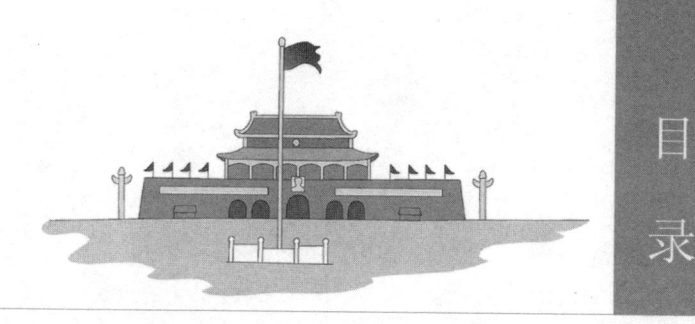

目录

一、联产承包

安徽放宽农业政策/002

肥西率先实施包产到户/006

凤阳小岗村的星星之火/015

四川农村改革遥相呼应/023

二、引发争议

中央农村政策开始松动/028

包产到户引发大争论/032

各地政府支持农村改革/038

中央再次放宽农业政策/042

包产到户在曲折中前进/047

包产到户带来了大丰收/053

包产到户获得高度认同/059

三、获得认同

包产到户再次引发争议/068

呼唤包产到户合法化/074

包产到户逐渐得到认可/078

邓小平支持包产到户/083

中央正式认同包产到户/088

包产到户获得重大突破/091

四、走向富裕

中央完善包产到户政策/098

包产到户推广到全国/101

中央一号文件确立政策/110

包产到户取得巨大成功/114

一、联产承包

- 社员王道银说:"过去干部不知有多难!没有尿的也去撒尿,妇女不该喂奶的也去喂奶,如果让我们包产到户干,两三年内要粮有粮,要猪有猪,要啥有啥。"

- 严美昌的孩子有意见了:"爸,我们都快半块地了,我大爷怎么还不来干活儿,这块地又不是全是咱家的,我们也不干了,回家吧!"

安徽放宽农业政策

1977年6月,江淮大地,烈日炎炎。

就在此时,在1975年整顿铁路中表现突出的万里,受邓小平的推荐来到安徽,担任安徽省委书记。

万里到达安徽后,对工作稍事安排,就开始把注意力转到安徽的农业和农村。

万里在战争年代一直生活战斗在农村根据地,对农民是熟悉的,但进城后一直从事工业和城市工作。

这次,解决安徽的农业、农村问题,万里决定轻车简从,直接深入基层、深入农户。不做指示,只是看、问、听,争取尽快了解农村的现实情况。

在当时,安徽农村贫穷的状况非常严重,多次巡察的所见所闻,令这位新上任的省委书记触目惊心,忧心如焚。

此时,万里深深感到,对农村改革已经是刻不容缓了,对此,省委必须下大力气推动。

1977年10月,在万里的一再支持下,安徽省委召集地、市农委主任召开座谈会,了解调查情况,研究解决办法。

会议开了一个星期,关于农村的讨论大家都认为农村困难很多,但对改变现有农村政策,与会同志的争议却很大。

经过激烈讨论，最后，形成了一个会议纪要。

万里对这个纪要大为赞赏，连声说好，因为纪要真实而全面地反映了当时安徽农村的现实。

根据这个纪要，安徽省委提出了解决农村困境的六条意见。这就是以后影响深远的"六条规定"，又被称为"六条意见"。

其主要内容是：

1. 搞好农村的经济管理，允许生产队根据农活建立不同的生产责任制，可以组织作业组，只需个别人完成的农活也可以责任到人。

2. 尊重生产队的自主权。

3. 减轻社队和社员的负担。

4. 落实按劳分配政策。

5. 粮食分配要兼顾国家、集体和个人利益。

6. 允许和鼓励社员经营自留地、家庭副业、开放集市贸易。

1977年11月，中共安徽省委召开地、市、县委书记参加的常委扩大会，逐条讨论这份草案。

在讨论会上，争论十分激烈，思想分歧很大。大部分干部认为"六条"是解决安徽农业的及时雨；而少部分人则心有余悸，他们担心"六条"的精神正是多年来批判的"三自一包""单干风"。

有的同志说："这不是社会主义方向！"

还有的同志说："给农民的自主权太多啦！这样下去，会不会滑到合作化前。"

更有一些老同志对此改革措施，简直痛心疾首，大力反对。

针对这些思想分歧，万里在会上做了《最重要的生产力是人》的重要讲话。他指出：

农村的中心问题是把农业生产搞好，各级领导、各个部门，都要着眼于发展农业生产。集体经济要巩固、发展，还必须在生产发展的基础上使人民生活不断有所改善。凡是阻碍生产发展的做法和政策都是错误的。

农业政策怎么搞好，管理怎么搞好，主要应当坚持因地制宜的原则，实事求是，走群众路线。

万里还反复告诫与会干部，我们现在是拨乱反正。既然是拨乱反正，我们都没有经验，如何搞，主要靠我们自己在实践中去创造。如果事事都要靠中央现成的东西，那还要我们这些领导干部做什么啊！大家要发挥创造性，不要怕犯错误。

同时，万里还叮嘱农委："不要勉强！有些同志思想不通，要耐心等待，因为具体工作还要靠下面的同志去做。如果硬写进去，他们接受不了，反而会把事情搞糟。"

万里的讲话让干部们吃了定心丸，统一了思想，会议折中了代表的意见，对"六条"又做了不少处文字和提法上的修改、润色。

最后，会议一致通过了《关于当前农村经济政策几个问题的规定（试行草案）》，即"六条规定"。

"六条规定"的出台，立即轰动全省，震撼全国，预示着一次深刻的农村革命的前奏。

《人民日报》以头版显著位置发表了题为《一份省委文件的诞生》的文章，并配发了评论员文章。

"六条"在安徽省是一份具有十分重要历史意义的文件。它是清除当时思想流毒、拨乱反正的一个重要成果，是中国农村改革的一个重要信号，实际上中国农村改革是从这里拉开了序幕。

这份文件针对当时农村政策方面存在的几个严重问题，拨乱反正，做了新的具体规定，突破了许多"禁区"。

随后，刚刚恢复工作不久的邓小平看到安徽省委的"六条规定"，非常兴奋，当即给予明确肯定。

于是，一场农村的改革帷幕，在江淮大地上率先拉开了。

肥西率先实施包产到户

1978年,"六条规定"的颁布,给安徽农民带来了无限的希望。

然而,正当安徽农民以高涨的热情在那片土地上驱散着贫困的时刻,一场突如其来的灾难降临在贫穷的安徽大地上。

夏秋之交,安徽省发生了百年未遇的特大旱灾。这次大旱大部分地区从春天到秋天近10个月没下雨,全省许多水库干涸,河水断流。属于我国五大河流之一的淮河,只有约正常流量0.5%的水流。

安徽省约6000万亩农田受灾,400万人口的地区人、畜缺水吃,土地龟裂、塘底朝天,一些农民不得不赶着牲口迁移。

持续的旱情也在无情地考验着紧邻省会合肥的肥西县。

9月1日夜,安徽省肥西县山南区在柿树公社黄花大队召开了全大队23名党员参加的党支部扩大会议。

大会主要讨论省委"六条规定",同时探讨战胜旱荒、保耕保种的出路。

面对持续的旱情,与会干部都是一筹莫展:风调雨顺尚且不能让农民吃饱,如此的大旱,困难就更加大了。

面对此种情况，会上有一个同志提出：只有一条路，就像1961年那么干，包产到户。

这位干部的话引起了大部分同志的认同，当然也激起了不少人的反对。

一位干部说："刚解放时，我们都是单干。那时候人们都和和气气，家家都有余粮。单干肯定能干好，只是政府不允许。"

还有干部说："只有单干，才能使农民摆脱今年农业大旱带来的问题。"

"单干了，如果他们再干不好，只能怪自己。"

而还有一部分人担心地说："把地分了，一家一户，不是分田到户吗！这个中央可是不允许的哟！"

也有人说："此路走不通，这是拉倒车。"

面对大家的争议，尽管区委书记汤茂林心里很没有底，但他还是议出了一个"试试看"的办法：

定土地，每个劳动力包5亩麦子，5分油菜地；定产量，小麦亩产200斤，油菜亩产100斤；定工本费，每亩5元；制定超产奖励制度，亩超产100斤，奖励60斤粮食；制定惩处制度，减产100斤，要赔偿。

黄花大队的"包产到户"实行以后，风声很快传遍附近各村。于是，附近生产队也纷纷要求实行"包产到户",有的生产队甚至已经开始偷偷打算在生产队实行"包产到户"。

9月18日,面对各地纷纷要求"包产到户"的要求,汤茂林在黄花大队召集附近3个公社的党委书记和9个生产大队的支部书记开会。

这次大会重点推广黄花大队的办法。

会后,黄花大队按水、旱、岗搭配,两天内将1700亩土地分掉了1420亩。与此同时,其他各队也开始纷纷搞起了"包产到户"。

9月22日,汤茂林召集各公社党委书记会,他顶住压力宣布:按照黄花大队的办法干。

于是,一场"包产到户"的大胆尝试在肥西县率先开始了。

9月末,一封匿名信送到了安徽省委书记万里手中,信中痛批汤茂林的做法是倒退。

看完信后,万里批转给省政协主席顾卓新阅,顾卓新又批给省人大常委会主任王光宇,要求交省农委调查处理。

于是,安徽省农委派去干部,调查肥西的改革情况。

不久,遵照省委的指示,省农委抽调了12位同志,并吸收部分县、区、社的同志,组成38人的省委工作队,来到肥西。

调查组到达后,干部、群众展开了热烈讨论。大家对生产责任制问题最感兴趣,普遍要求实行包产到户办法。

在当时，山南公社宗店大队19个生产队，干部、社员一致要求实行包产到户。他们说，不这样，农业生产搞不上去。

这个大队曾立过几次战功的抗美援朝复员军人张世林说："我讲句不怕坐班房的话，要想把农业搞上去，就要把产量包到户上。记得土改时，我家分3亩田，我不在家，请人代耕，每年收17石稻子。现在，还是这几亩田，集体种每年只收6石稻。"

红星大队三合队社员汪其高75岁，老伴78岁。汪其高说："去年分口粮1200斤，稻草800斤，油脂5斤，付款172元，由我儿子汪晋清负担。如果搞包产到户，我老两口可以种两亩水田，一亩旱地。水田最少可收2000斤粮，除交征购和集体提留外，自己可得1350斤。加上去年秋借种的6分地，可收小麦150斤，总共可收1500斤，比去年从集体分配的还多300斤，而且还不要付款。"

红星大队民兵营长何道发说："农村包产分组越小越好，绑在队里队长动脑筋，分到组里组长动脑筋，包到户上人人动脑筋。"

湖中大队在讨论中，干部群众讲，过去搞"责任田"时牛力不足，粮食不够吃，人还浮肿，但只干两年就富了，收的山芋吃不了，捆在草里当草卖。现在人多了，牛强了，干部社员都有正反两方面的经验教训，搞起来就更快了。

刘老庄大队生产队社员王道银说:"过去干部不知有多难!没有尿的也去撒尿,妇女不该喂奶的也去喂奶,如果让我们包产到户干,两三年内要粮有粮,要猪有猪,要啥有啥。"

在讨论中,干部群众还提出了不少意见。有的说,这次是省、县、区、社直接给我们宣讲中央文件,我们要求包产到户,如果这一炮打不响,就没有希望了。

面对上述情况,调查组成员周曰礼感到应该尽快上报安徽省委。

于是,周曰礼连夜赶回合肥。

第二天,周曰礼就肥西山南公社的情况,向万里做了口头汇报。

万里听后很重视,他谨慎地说:"群众的意见应当重视,这个问题省委要专门讨论一次。"

不久,万里在稻香楼西苑会议室召开省委常委会议,专门讨论包产到户问题。

在会上,首先由有关同志汇报省委工作队在肥西县山南公社宣讲中央两个文件情况和干部群众的意见。

常委们在讨论中认为包产到户是个好办法,但中央文件中明确规定"不许包产到户",如果要实行这种办法,应先向中央请示。

在会上,负责农业的王光宇回顾了1961年安徽推行"责任田"的情况,他说:"'责任田'对恢复和发展农业生产，克服农村困难局面，改善农民生活水平，确实起了很大作用。现在一讲起'责任田'，农民都非常怀念，说'责任田'是'救命田'。"

接着，王光宇主张可以有领导、有步骤地推行包产到户，至少在生产落后、经济困难的地方可以先实行这种办法。

在会上，万里也做了发言，并坦诚地谈了自己的看法。他说：

> 包产到户问题，过去批了10多年，许多干部批怕了，一讲到包产到户，就心有余悸，谈"包"色变。但是，过去批判过的东西，有的可能是批对了，有的也可能本来是正确的东西，却被当作错误的东西来批判。必须在实践中加以检验。
>
> 我主张应当让山南公社进行包产到户的试验。在小范围内试验一下，利大于弊。暂不宣传、不登报、不推广，秋后总结了再说。如果试验成功，当然最好；如果试验失败了，也没有什么了不起；如果滑到资本主义道路上去，也不可怕，我们有办法把他们拉回来。即使收不到粮食，省委负责调粮食给他们吃。

最后，经过讨论，会议决定同意将肥西县山南公社实行的包产到户，作为示范。

在会议闭幕的当天，刚刚参加完会议的周曰礼又回到山南公社，并于第二天向社队干部传达了省委试点的意见。

干部群众得知省委在山南公社进行包产到户试点的消息后，无不欢欣鼓舞，消息不胫而走，山南的6个公社，在四五天时间内普遍实行了包产到户。

面对山南公社包产到户扩展的情况，周曰礼及时向万里做了汇报。

接到汇报后，万里果断地说："不要怕，让他们搞，山南区收不到粮食，省委调粮食给山南区。"

紧接着，包产到户像旋风一样，很快席卷了整个肥西县，在不到一个月的时间里，全县搞包产到户的生产队即占生产队总数的40%。

面对肥西县的情况，周曰礼又及时向万里做了汇报，万里仍是那句话，可以让他们搞，肥西县收不到粮食，省委调粮食给肥西县。

当时，包产到户大有覆盖全省的势头。

对此，万里确实也有些担心，他要有关同志起草一份电报，向中央汇报一下安徽推行生产责任制情况。

1979年初，电报起草修改后，发到中央。

电报说：

安徽农业生产责任制的形式，大体有以下

几种：死分死记的约占生产队总数20%；定额管理约占50%；联系产量责任制约占30%。联系产量责任制又有两种形式：一是分组作业，三包一奖到组；二是有的地方对一些单项作物或旱粮作物实行定产到田、责任到人，水旱作物兼作地区，有的实行水田定产到组、旱杂粮定产到户的办法。

关于责任制的问题，我们认为，只要不改变所有制性质，不改变核算单位，可以允许有多种多样的形式。三包一奖到组可以普遍搞。已经搞的要加强领导，巩固提高；正在搞的，要抓紧时间，力争春耕大忙前搞完；未搞的，为了不影响春耕，可暂时不搞。少数边远落后、生产长期上不去的地方，已经自发搞了包产到户岗位责任制的，我们也宣布暂时维持不变，以免造成不应有的波动。由于为数不多，允许作为试验，看一年，以便从中总结经验教训。

后来，万里回忆说：

1978年是大旱，大旱之年，我到了肥西看看。那儿山南包产到户了，麦子很好。到了山南，我就表扬了他们，我说你们就这样干吧。

开始搞了以后，我说怎么办？我首先跟陈

● 联产承包

云同志商量的，我说我那儿已经搞起来了，他当时在人大会堂开全国代表大会，他在主席团，休息时我到他那里，我说怎么办？他说我双手赞成。以后我跟小平同志讲，小平同志说不要争论，你就这么干下去就完了，就实事求是干下去。

在得到邓小平、陈云等同志的认可后，万里和安徽省委就更加放心了。

肥西县实行包产到户后，当年就获得了大丰收，人民对包产到户更加有信心了。

肥西县的包产到户，尽管规模不大，影响不大，但它的示范效应无疑是巨大的。

在此之后，一场更为猛烈的包产到户在安徽凤阳展开了。

凤阳小岗村的星星之火

1978年冬天的一个夜晚，天气异常寒冷，对于中国人民来说，这是个极其普通的夜晚。然而，对于凤阳小岗生产队，对于整个中国历史来说，这个夜晚又是极不平常的。

原来，小岗所在的凤阳较为贫穷，自从出了皇帝朱元璋起，凤阳人讨饭就与凤阳花鼓一样出名。有一首凤阳花鼓形象地反映了凤阳的状况：

说凤阳，道凤阳，
凤阳本是好地方。
自从出了朱皇帝，
十年倒有九年荒。
大户人家卖牛羊，
小户人家卖儿郎。
奴家没有儿郎卖，
身背花鼓走四方。

当时的小岗又是凤阳全县最穷的，属于"吃粮靠返销，用钱靠救济，生产靠贷款"的"三靠村"，全村只有20户农家，110口人；517亩农田，10头耕牛，几把犁耙。

每年秋后，家家户户都要外出讨饭。

当时，全村没有一间砖瓦房，许多农户的茅草屋破烂不堪，家徒四壁，有的穷得全家只剩一床棉被。

1978年大旱荒，更加剧了小岗村的贫穷程度，习惯于背着凤阳花鼓"逃荒"的小岗人几乎是连外出的气力都没有了。

为了改变这种每年出去逃荒的局面，小岗人在上级的默许下，偷偷搞起了"承包到组"。然而，分到组后，问题并没有得到解决，在组内为了多干少干问题，斗争反而加大了。

面对"包产到组"后的麻烦，小岗队队长无法解决，便请示公社书记张明楼，要求把作业组再划小一点。

在农村工作了几十年的公社书记张明楼，知道农民生活的困苦，更了解这个小岗队的"难题"，就破例地同意将小岗队分成4个组。

谁知4个组刚分好没几天，各组内部又闹了起来。原因是：组越小，每个社员在记工、出勤上谁吃亏，谁占便宜，看得更清楚，每家每户之间的利益冲突更明显、更直接。

面对分成4个小组也不能解决的问题，严俊昌等人明白，仅仅分分组是满足不了大家的心愿的。而在当时，严俊昌等人又不敢一下子"包产到户"。

于是，严俊昌等人就决定把4个组再分小些，基本上是按亲戚关系进行划分组，这样就可能解决组内的纠纷。

十多天后，3位队干部觉得没脸面去找张书记，便瞒着公社，在严学昌家开会，偷偷地将全队分成8个作业组。

8组多为"父子组""兄弟组"，本以为这种以亲戚为主的小组可以避免再起纷争，但严俊昌他们这次又失望了。

过去队里是社员之间"捣"，现在小组内则是兄弟、妯娌们之间"闹"。按照当时老百姓的话来说，是"被窝里划拳——未掺外手"。

如当时六组是父子关系，共3户。每天清晨，严美昌把全家人叫起来，下地干活儿。

而大儿子严俊昌孩子多，事情忙，每天早上起来得迟，不能一起下地干活儿。

这样一来，严美昌的孩子有意见了："爸，我们都快半块地了，我大爷怎么还不来干活儿，这块地又不是全是咱家的，我们也不干了，回家吧！"

就这样三五天一过，兄弟俩便闹着要分开。

像六组一样，其他组也出现了类似的矛盾。很显然，分成8组，还是不能解决问题。

于是，朴实的小岗农民开始有了一个大胆的想法：实行包产到户。

此刻，在1978年冬天这个万籁俱寂的夜晚，小岗生产队的 18 户农民正聚集在一起，在小岗生产队社员严立华家破陋的茅屋里，一盏油灯下，召开了一个"秘密"会议。

会议上，全队在家 18 户的主事人都齐聚在这里，谋划着他们自己的将来和子女的生活大计。

灯光摇曳下，映照着 18 张憔悴而庄重的面庞。30 多道焦灼、不安但又充满感激的目光紧张地注视着他们的领头人。

严宏昌开了口："今天把大家找来开个会，主要请大家谈谈，各个组内部怎样才能不吵不闹，怎样才能把生产搞好。"

老农民严家芝首先发言："我们队要想不吵闹，要想有碗饭吃，只有分开，一家一户地干。"

此时会场沸腾一片，议论不断。

"只有单干，我们才能不吵不闹。"

"单干了，如果我们再干不好，只能怪自己。"

"如果同意我们单干，我们保证不给你们队干部添半点麻烦。"

队长严俊昌表了态："既然大家都想单干，我们当干部的也不装孬。"

严宏昌此时站了起来，说："我讲几句，看样子我们队只有分到户干了。但是，我们必须订个协定：第一，我们分田到户，瞒上不瞒下，不许向任何外人讲，谁个讲出去，谁个不是人。第二，每逢夏秋两季交粮油时，该是国家的给国家，该是集体的给集体，到时不准任何人装孬种，更不能叫我们干部上门要。只要大家同意这两条意见，在字据上按手印，我们干部就同意分开干。"

"同意，我们都同意按手印。"大家齐声说。

分田单干，后果将会是什么，是被扣上走资本主义道路的"帽子"，还是被诬为反社会主义的罪魁，是坚硬的镣铐？还是冰冷的大狱？这绝不是耸人听闻，就在身边，也有"教训"：社员严金昌因在房前屋后种了点生姜、辣椒、大葱，充其量"暴发"到不逃荒要饭的水平，居然被揪到公社批判了三四场，甚至被《皖东通讯》点了名。

于是，严家芝说："万一被上头发现了，队干部弄不好要蹲班房，家中老小怎么办？"

听到严家芝的话，大家一片沉默。

然而，求生是人的本能。严俊昌、严宏昌冒着身败名裂和厄运横生之险，决心铤而走险，显然是甘愿为小岗人作出最大的牺牲。

为了保护自己的领导人，老农严家齐说："万一走漏了风声，队干部为此蹲了班房，我们全体社员共同负责把他家的农活全包下来，还要把他的孩子养到18岁。"

严家齐的话赢得了大家的一致认可。

于是，秘密会议决定：分田单干的事"瞒上不瞒下"，谁也不许向外透露，并针对可能出现的"险情"，制订了相应的善后措施。

虽然这次会议的规模很小，但是它却改变了中国的历史。

据当时参加会议的小岗生产队队长严俊昌、副队长严宏昌后来回忆：

大约是在11月底的一天，我们在村西严立华家开了一次秘密会议，一家一个户主参加，20户除两户单身汉外流外，其余18户全到了会。主要是谈分田单干，并强调，第一是土地分到户后要瞒上不瞒下，不准任何人向外透露，包括自己的至亲好友都不能说；第二是保证上交国家粮油，该给国家的给国家，该交集体的交集体，任何人不准装孬。大家纷纷议论，认为要这样干，我们一定能搞到吃的，保证能超额完成国家和集体的任务。万一干不到，我们摔锅卖铁，或在外流浪要饭，也要完成国家和集体的任务。但是，大家又担心，如果搞单干被捅出去，干部是要坐牢的，可不是闹着玩的。

大家纷纷赌咒发誓，保证秘密不外露。有的说，要是你们干部因分田到户坐牢，我们就是要饭也要给你们去送牢饭。也有的提议，万一走漏了风声，你们坐了牢，全体社员共同负责把你们的小孩抚养到18岁，决不反悔。随后就由严宏昌执笔，写了包干合同书。

于是，在凤阳，在安徽乃至全国，小岗生产队农民自发地组织起来商议对策，并率先闯关了。

合同签订后，18户农民争先恐后地用食指按上鲜红的印泥，一簇簇沉重的指纹按在16开白纸自己的姓名上。

这份保证书内容如下：

1978年12月　地点　严立华家

我们分田到户，每户户主签字盖章。如以后能干，每户保证完成每户的全年上交的公粮，不再向国家伸手要钱要粮。如不成，我们干部坐牢杀头也甘心。大家也保证把我们干部的小孩养活到18岁。

关廷珠	关友德	严立符	严立华
严国昌	严立坤	严金昌	严家芝
关友章	严学昌	韩国云	关友江
严立学	严俊昌	严美昌	严宏昌
严付昌	严家其	严国品	关友申

此时，他们无论如何也没有想到，正是他们带着悲壮的勇气，拉开了中国农村改革乃至中国经济改革的序幕。

"当下,我们就按照生产队的地亩表,每人4亩半地的标准,把土地分给大家。"

"这一仗必须打赢。"严宏昌干练地挥了一下手说。

会议一结束,他们连夜将牲畜、农具和耕地按人头包到了户,正式实行了包产到户。

从此,一场改变了小岗,改变了中国的伟大改革之火在这里点燃了。

四川农村改革遥相呼应

1978年2月3日，在春节的前几天，成都的大街小巷里一片节日的喜庆，成都的市民都在忙着准备年货，迎接新年。

这一天，邓小平乘飞机从成都起飞，前往尼泊尔访问。

在四川停留期间，邓小平向四川省委领导介绍了安徽的"农业六条规定"。邓小平指出：

> 农业的路子要宽一些，思想要解放，只是老概念不解决问题，要有新概念……
>
> 只要所有制不动，怕什么！工业如此，农业如此。要多想门路，不能只是在老概念中打圈子。

在当时，四川农村的问题比较严重。

四川位于中国内陆腹地，西临青藏高原，是当时中国人口最多的一个省份。

自古以来，"治蜀"学问颇多。历史上广为流传一句名谚："天下未乱蜀先乱，天下已治蜀未治"。说的就是难治的意思。

由于各种原因，加之人口激增、生态破坏等原因，享有"天府之国"美誉的四川，却饱受饥饿之灾。将近1亿四川人的吃饭问题，是摆在省委领导面前的最大政治问题。

听了邓小平的谈话后，四川省委加快了工作步伐，制订了《关于目前农村经济政策几个主要问题的规定》，这个规定共十二条，内容有：

1. 加强劳动管理；2. 严格财务管理制度；3. 搞好生产计划管理；4. 兼顾国家、集体和个人的利益，坚决保证社员分配兑现；5. 减轻生产队和社员的负担；6. 以粮为纲，开展多种经营；7. 奖励发展耕牛；8. 大力发展养猪事业；9. 大搞农田基本建设；10. 积极兴办社队企业；11. 积极而又慎重地对待基本核算单位由生产队向大队过渡的问题；12. 允许和鼓励社员经营少量的自留地和家庭副业。要执行按劳分配的原则，把"定额到组，评工到人"的办法，认真搞好。

"十二条"冲破了不少禁区，为农民壮了胆，受到了基层干部和农民的热烈欢迎。

很快，过去被认为几乎无法制止外流的成千上万劳动力归了队，不少地方的农民自发地将"定额到组，评工到人"的办法又悄悄地发展成为包产到组。

基层干部高兴地说:"人喊人,喊不成,政策喊人一大群。"

农民高兴地说:"只要政策过了硬,一人要顶两个用。"

对各地的"包产到组",四川省委采取了支持的态度。很快,四川就成为全国农村生产责任制的又一个发源地。

在四川省委的大力推动下,四川的农业发展迅猛。1977年粮食总产量比1976年增产30亿公斤,1978年又比1977年增产20亿公斤。两年共增产50亿公斤,等于农业人口每人增产62公斤。

这就是说,每一个农民一年可以多吃62公斤粮食,这意味着8000万四川人口免于饥饿。

1978年秋,当万里和安徽省委决定"借地于民"时,四川省委在农业方面也实行了"放宽政策""休养生息"的方针,将农民的自留地扩大到总耕地面积的15%,并且支持农民采取包产到组的形式经营土地。

当时,四川蓬溪县的几个生产队借"放宽政策"之际,偷着试行包产到户。

在蓬溪县河边公社第六大队的第八生产队,1976年人均收入仅为33元,1978年也仅为56元。

为了改变贫困状况,这个队背着公社和大队,把棉花从收到种包到户,取得了不错的效果。

1979年春季和夏季，四川农村的包产到户开始全面推行。

农业生产责任制的推行，进一步解放了四川省的农业生产力，四川的粮食总产量，1976年是254.2亿公斤，1979年则为336.15亿公斤，增加了82亿公斤。

包产到户使四川终于彻底摆脱了饥饿。

在当时，除四川之外，西北的甘肃省岩昌县哈达铺公社，武威县的一些社队，内蒙古自治区的托克托县中滩公社等地，也出现了包产到户的做法。

尽管1978年发生在安徽、四川等地的包产到户等农业责任制形式，基本都是各地农民借放宽农业政策，自发搞起来的，但它一经出现便表现出了较强的生命活力，并预示着一场伟大的变革悄然来临。

而与任何改革一样，改革必然引起争议，包产到户也不例外。

于是，随着小岗等地包产到户的实行，一场关于包产到户的争议开始了。

二、引发争议

- 万里愤慨地说:"很多公社的负责人往往不懂农业,仅凭长官意志去领导组织集体经济。"

- 张明楼大声斥责:"你们年纪不大,为什么要想这个孬点子,走这条路呢?共产党的政策你们懂吗?这样是单干!"

中央农村政策开始松动

1978 年 12 月 18 日至 22 日,具有划时代意义的中国共产党第十一届中央委员会第三次全体会议在北京隆重召开。

出席会议的中央委员 169 人,候补中央委员 112 人。全会的中心议题是讨论把全党的工作重点转移到社会主义现代化建设上来。

这次会议的伟大意义在于全面纠正"左"的路线错误,拨乱反正,使党和国家在政治、经济等方面全方位走上正确道路,是中国共产党历史上具有深远影响的转折。

在会上,有个委员联系现状,痛切地说:"全国现在有一亿几千万人,口粮在 150 公斤以下,吃不饱肚子,全国的人均口粮也只有 299 公斤,比 1957 年还少 2.5 公斤,而世界发达国家人均占有粮食是 500 公斤到 1000 公斤。1977 年,全国农业人口人均月收入实在是少得可怜。新中国成立快 30 年了,还有要饭的,我们这些领导真是问心有愧。"

这位委员的话引起了大家的共鸣。

对于出现这种状况的原因,不少同志指出:农业发展慢,主要还是因为长期以来,在政策上对农民卡得太死，怕农民富，动不动就割"资本主义尾巴"，把农民挖得太苦，竭泽而渔，挫伤了农民的积极性。

在会上，安徽省委书记万里也做了发言。万里客观介绍了安徽农业发展的经验，从管理体制上剖析了人民公社的弊端。

接着，万里愤慨地说："很多公社的负责人往往不懂农业，仅凭长官意志去领导组织集体经济，使集体经济得不到巩固和发展。这种体制总有一天要被突破。"

万里的讲话在会上引起了极大的反响，很多同志对照安徽的经验，结合本地实际，提出：当前恢复和发展农业生产最主要的是要保证农村生产队的自主权，充分调动广大农民的积极性。

在会上，陈云在讲话中着重谈了农业问题，陈云指出："新中国成立快30年了，现在还有讨饭吃的，怎么行呢？要放松这一头。不能让农民喘不过气来！"

接着，陈云扫了与会同志一眼，一挥手，铿锵有力地说："我认为，这是大计，是经济措施中最大的一条措施。"

在代表的强烈要求下，会议对两个农业文件做了较大的修改，特别是对《加快农业发展若干问题的决定（草案）》重新进行了改写，并同意下发各地讨论和试行。

大会还形成了纲领性文件《中国共产党第十一届中央委员会第三次全体会议公报》（以下简称《公报》），《公报》提出：

全党目前必须集中主要精力把农业尽快搞上去,因为农业这个国民经济的基础,这些年来受了严重的破坏……

为此目的,必须首先调动我国几亿农民的社会主义积极性,必须在经济上充分关心他们的物质利益,在政治上切实保障他们的民主权利。

社员自留地、家庭副业和集市贸易是社会主义经济的必要补充部分,任何人不得乱加干涉;人民公社要坚决实行三级所有、队为基础的制度,稳定不变;人民公社各级组织都要坚决实行民主管理、干部选举、账目公开。

十一届三中全会公报犹如一盏明灯,让亿万农民看到了中央放宽农业政策的征兆。

这个文件下达以后,受到了广大农村干部和群众的热烈欢迎,称这两个农业文件是"抢救农业、富国裕民的文件",是"多年来最好的文件"。

与此同时,以"包工到组、包产到组"为主要内容的各种形式的责任制,在全国农村较快地推广开来。这种尽管有限的责任制,受到了广大农民的拥护。

十一届三中全会后,包产到组在全国展开了,四川省到1979年冬,全省实行"包产到组"责任制的生产队已达生产队总数的 57.6%；就连边远的贵州省，也有 60% 的生产队搞起了定产到组的责任制。

但十一届三中全会文件仍没有给"包产到户"解禁，并将"包产到户"与"分田单干"等同起来。

对"包产到户"的限制，不能激起广大农民的生产积极性，包产到户还存在很大阻力。

这也给安徽、四川等地实行包产到户的地方带来了压力，也带来了希望。

毕竟，坚冰已经打破，大地正在解冻。

困难虽然有，也只是暂时的，是有限的，十一届三中全会传达的改革精神，无疑鼓舞了小岗，鼓舞了凤阳乃至全中国。

包产到户引发大争论

1979年3月，神州大地，春暖花开。

受十一届三中全会精神的鼓舞，各地农村也开始焕发了生机。受到鼓舞的农民纷纷要包产到组，甚至有的地方也要偷偷搞"包产到户"。

然而，正当大家摩拳擦掌准备大干一场的时候，一件令广大农民不安的事情发生了。

3月15日，《人民日报》在通常刊登社论的显要位置，破例发表了一封题为《"三级所有，队为基础"应当稳定》的读者来信。该信作者是甘肃省档案局干部张浩。

在这封来信中，张浩说他回故乡河南洛阳地区探亲，听说和看到了不少县社已经或正在酝酿将要"包产到户"，对此忧心忡忡。

张浩在信中还写道：

> 轻易从"队为基础"退回去，搞分田到组，包产到组，是脱离群众、不得人心的，并会搞乱"三级所有，队为基础"的体制；搞乱干部、群众的思想，挫伤积极性，给生产造成危害，对搞农业机械化也是不利的。

《人民日报》在刊登张浩来信的同时，还发表了重要的编者按，推荐了这封信，并在头版刊登了《纠正作业组为核算单位的错误做法》的文章。

文章引起了极大的反响，国家农委主要负责人当即批示：

人民公社大方向不能转，队为基础，三级所有不能动。

中央人民广播电台在其最重要的新闻联播节目中，将《人民日报》读者来信和编者按作为头条消息播出。

由此，很快在全国形成一股巨大的冲击波。

首先引起反应的是张浩的故乡河南洛阳。

在洛阳，当时老实的农民原来很希望搞好责任制，一听完广播，往地里送的粪也不送了……

还有的人乘机造谣，一时间，农村的干部和广大农民人心惶惶。

3月18日至20日，为了制止这种混乱局面，洛阳地委召开了县、市委第一书记会议。

在会上，大家议论纷纷。

洛阳地区干部胡兆祥在讨论张浩的信时，非常气愤，还当场作了一首打油诗：

张浩不写好文章，一瓢冷水泼洛阳。

这首诗代表了不少干部群众的思想，一时流传很广。

洛阳的包产到组又受到如此大的批评，对于实行包产到户等各种责任制的安徽、四川来说，《人民日报》读者来信的影响更具有爆炸性。

因为信中指责"包产到组"犯了方向性原则错误，必须加以纠偏。而安徽、四川的许多地方早已突破包产到组的界限，搞起了包产到户，比河南走得更远。

于是，安徽一下子波涛汹涌，人心惶惶。在全县推行"大包干"，并在小岗等社队出现了包产到户的凤阳县表现得尤为突出。

早在小岗包产到户出现不久，小岗就受到公社党委的严厉批评，强令纠正。

公社书记张明楼起初还有点不相信。为了证实这一消息，他把严俊昌、严宏昌叫到公社，见他俩矢口否认，没有问出什么，只好作罢。

又过了几天，小岗生产队分开单干的消息再次传到公社，这次张明楼重视起来了。但是，张明楼未动声色，通过"明察暗访"，搜集证据。

一经调查，张明楼才发现，小岗果然实行了包产到户。在当时，包产到户是一个很严重的问题。这时，公社领导才感到小岗村走得过了头，出了问题自己要负领导责任。

搜集到证据后，张明楼又一次把严俊昌、严宏昌叫到公社，大声斥责："你们小岗胆子太大了，要逮人，先逮你俩，逮你们非同小可，连我这个公社书记也要跟着倒霉！你们年纪不大，为什么要想这个孬点子，走这条路呢？共产党的政策你们懂吗？这样是单干！"

严宏昌当时不服气地想："我交售了粮食，对国家有贡献，就是光荣的。难道年年吃返销粮反而光荣？"

但是，严宏昌却不能把心里话说出来，只好说："我们小岗太穷，只想多收点粮食，社员有碗饭吃。"

"你们小岗一家家收个金碾子都不遮我们的眼，我们也不稀罕。我们国家宁愿给你们吃喝，也不能让你们单干，回去后一定并起来。"张书记下了命令。

几天后，公社召开生产队长以上的干部会议。

在会上，张书记再次批评小岗，宣布小岗如果不并起来，不仅要扣除牛草，而且化肥、种子、贷款一律不给。

会后，张明楼把参加会议的严宏昌留下来，语重心长地对他说："现在中央还没有这个政策，如果有了这个政策，半夜文件到，我立即开广播会宣布。"

看了一眼严宏昌后，张明楼继续说："我也是干过生产的人，难道不知道这样能增产？我同情你们，你们也要理解我，搞不好我们都要犯法，回去还是并起来吧！"

作为过去断断续续当过队长或副队长，当时为生产队长的严俊昌，多少知道一些政策，于是回来召开所有人开会，说明了公社领导的意思。

刚刚分了田，干劲儿十足的农民，个个都表示坚决不合并。

在会上，大家一起商量决定：不给贷款自己想办法；不给化肥，用农家肥代替；不给牛草，到外面去借等对策。还讲到用明组暗户的办法，把种子要来等问题。

最后，主持会议的副队长严宏昌代表干部说了话：如果大家让我领头干可以，我只有两条意见：一是出了问题，我还有4个孩子，把我的孩子照看着点；二是我如果被关起来，大家有空看看我就行了。

《人民日报》的读者来信发表后，凤阳县的干部群众一下子就炸开了，许多人认为这篇文章一定大有来头，他们似乎感到一场不可捉摸的大祸即将来临。

当时，凤阳县各区社正在召开旨在动员春耕生产的三级干部会议。

一时间，人心惶惶，主张和赞成"大包干"的人以为将会发生重大变故。

不同意"大包干"，并将"大包干"称之为"三级半所有"的人则为之庆幸和推波助澜。他们纷纷说：

"这是党报的声音，准是有来头的！"

"肯定是'大人物'说话了！"

"哼！这次那些鼓动'大包干'的有好戏看了。"

"赶快纠正，不然会犯大错误……"

此时，中共凤阳县委左右为难：继续干吧，《人民日报》和中央电台的声音不可小视，说不定会再来次批斗。

农民出身的凤阳县委书记陈庭元深深懂得，农村已经划开，农民凑集的钱已经换成了化肥和种子。如果此时采取强令的办法，把社员聚集起来，阻力必然很大，后果严重。

何况眼下正处在"人误一时，粮误一年"的关键的春耕时节。如果再折腾一下，耽误了农活，刚刚渡过一个艰难旱灾的凤阳农民，今年日子将更加艰难。

一时间，陈庭元感到有些不知所措。

此时，和河南洛阳、安徽凤阳一样，在四川、甘肃、贵州等省实行包产到组或包产到户的地方，广大农民都有些不知所措，十一届三中全会的改革精神受到了巨大的考验。

各地政府支持农村改革

1979年3月16日,即《人民日报》发表读者来信的第二天,《人民日报》读者来信引起的强烈反响,也震动了万里和安徽省委。

为了了解情况,万里从巢湖地区前往滁县地区全椒县了解春耕生产情况。

在视察中,当万里见到愁云满面、无所适从的县委领导时,万里解释和劝慰说:"甘肃档案局那位读者的来信,我是在一个内部材料上见到的,没想到能公开发表。我看那封来信并不反对'包产到组',只是反映了'包产到组'中存在的问题。《人民日报》批评的那些问题是支流,不要怕,搞一年再说……"

县委领导仍无把握地说道:"《人民日报》编者按说'包产到组'是'错误作法'……"

万里答道:"什么是好办法?能叫农业增产就是好办法,能叫国家、集体和个人都增加收入就是好办法,适应生产力发展,叫农业上得快就是好办法。反之,就是孬办法。谁吹这个风,那个风,我们也不动摇,肥西县有的生产队搞了'包产到户',怎么办,我看既然搞了,就不要动了,一动就乱。"

县委领导又反映:"我们这里有人说'包产到组'是

三级半所有。"

万里明确说:"'三级半'有什么不好,这也是经济核算单位嘛!四级核算也可以,家庭也要搞核算,那不是'五级'了吗。"

面对县委领导还是担心《人民日报》来头太大,怕将来招架不住时,万里激动地说:"《人民日报》好比公共汽车,你可以挤,我也可以挤!究竟什么意见符合人民的根本利益和长远利益,这要靠实践来检验,决不能读了一封读者来信就打退堂鼓,挫伤了群众的积极性。"

最后,万里还明确地说:"产量上不去,农民饿肚子,是找你们县委,还是找《人民日报》?《人民日报》也不能管你饭吃嘛!"

就在同一天,安徽省主管农业的省委书记王光宇到凤阳考察。

凤阳县委书记陈庭元,把自己的顾虑和想法向王光宇做了汇报。

王光宇听后,果断地说:"老陈,凤阳不要动了,就这样干吧!"

当天晚上,在滁州检查工作的安徽省委第一书记万里让人打来电话说:

> 凤阳不要再动了,让实践来检验,要能增产明年还要搞。

也是在这同一天，万里直接挂长途电话给国家农委主任王任重。

万里汇报说："我们已经干开了，不宣传、不推广、不见报，保护群众的积极性。备个案，搞错了省委检查。"

深切了解农村情况的王任重，亦以开明的态度表示："既然省委做了决定，可以干嘛！"

与此同时，受万里关于"《人民日报》好比公共汽车，你我都可以挤"意见的启示，安徽省农委决定采取主动态度，撰文回答有关对联产承包责任制的种种非难。

当时，其他地方领导人和群众纷纷打电话或写信质问《人民日报》，对《人民日报》发表的读者来信和编者按引起的混乱表示深深的忧虑和不满。

于是，《人民日报》的态度也因此发生了变化。

3月30日，《人民日报》也在头版位置发表了安徽省农委辛生、卢家丰二人撰写的题为《正确看待联系产量的责任制》的读者来信。

该信尖锐地批评了3月15日读者来信。信中明确指出张浩来信带来的影响：

> 在我们这里造成了混乱，已经搞了以组作业，联系产量责任制的干部和群众担心又要挨批了，原来害怕党的政策有变化的人，现在顾虑更大了。有人看到报纸，好像找到了新论据，

把联系产量责任制说得一无是处。

《人民日报》也为这封读者来信加了题为《发扬集体经济的优越性，因地制宜实行计酬方法》的编者按。

编者按指出 3 月 15 日刊登的读者来信和编者按"有些提法不够准确""今后应注意改正"。

同时，编者按还强调：

> 包工到组，联系产量是一种新的计酬方法，在试行中出现这样那样的问题是难免的。只要坚持生产队统一核算和统一分配这个前提，不准搞包产到户和分田单干，就可以试行。

《正确看待联系产量的责任制》和编者按的发表，以及各地干部对农村改革的支持，使农民对改革再一次看到了希望，各地的改革又悄然开始了。

中央再次放宽农业政策

1979年春天，受十一届三中全会精神鼓舞，一些试行承包责任制一直处于秘密状态的地方公开了其做法，各种形式的生产责任制开始由点到面在全国兴起。这一新情况的出现，引起了中央决策层的重视。

1979年3月12日至24日，国家农委邀请广东、湖南、四川、江苏、安徽、河北、吉林七省农村工作部门和安徽全椒、广东博罗、四川广汉三个县的负责人，就农村中的一些迫切问题进行了座谈。

座谈会比较集中地讨论了建立健全生产责任制问题。

在座谈会上，围绕联产计酬，特别是包产到户问题，争论十分激烈。

安徽省农委的周曰礼做了长篇发言，在小组会上，周曰礼结合安徽的实际情况，大胆提出：

学大寨不应该盲目地模仿其形式；人民公社的体制存在弊病，应该改革；农业生产应该建立联系产量的责任制；全党应该少搞政治运动，集中力量搞经济……

这些崭新的论点，在会议期间产生了很大轰动。其他省、市与会人员，对周曰礼的发言惊讶地说："你们安徽人真敢讲。"

很明显，在当时，周曰礼的论点基本代表了安徽省委的观点，也代表了全国广大农民的心声。

最后，经过十多天的讨论，会议大体取得了一致意见：

1. 充分发挥集体经济的优越性，调动社员的社会主义积极性，加快农业发展速度，这是建立健全生产责任制的根本出发点。生产责任制的形式，必然是多种多样，绝不可强求整齐划一，搞"一刀切"。

2. 各地实行的联系产量责任制，具体办法多种多样，不论实行哪种办法，除特殊情况经县委批准者以外，都不许包产到户，不许划小核算单位，一律不许分田单干。

3. 必须注意人民公社体制的稳定。

4. 搞了包产到户、分田单干的地方要积极引导农民重新组织起来。深山、偏僻地区的孤门独户，实行包产到户，应当许可。

5. 不论实行哪种办法，都必须强调领导，不能放任自流。

6. 我们在实行农业生产责任制方面的经验还很不够，必须在坚持社会主义方向，充分发挥集体经济优越性的前提下，不断解决新矛盾、新问题，多方面试验，不断总结经验。

　　7. 要坚持群众路线，体谅农民的苦衷，和他们一起探讨有效的办法，热情帮助他们解决困难，搞好春耕生产。

　　这次会议是中央决策层第一次集中讨论农村承包制问题，并肯定和支持广大农民根据自己的经验创造实行各种形式的生产责任制。

　　虽然此次会议文件仍继续重申"不许包产到户""稳定人民公社体制"，但却允许具有特殊情况的一些地方可以例外，强调从实际出发，坚持群众路线，这就从实际上推动并引导了刚刚兴起的农村改革。

　　4月3日，中共中央批准了此次会议达成的文件。

　　于是，在这个会议文件的指导下，各地政府对农业进行改革的胆子更大了，支持更积极了。

　　5月21日，万里到安徽率先搞包产到户试点的肥西县山南视察。

　　面对基层干部对包产到户前途的种种担忧，万里明确表示支持，并鼓励干部们大胆试验。

　　当日下午，万里来到馆西大队小井生产队。

　　万里问四下围聚的农民："这样干，你们有什么想法？随便问，随便提。"

　　小井生产队会计李祖忠问："万书记，可允许'包产到户'?"

万里明确表示:"大胆干,省委支持你们!"

针对群众的思想顾虑,万里说:"你们就这样干!不过,仓库、牛棚要保护,用水要有秩序,不能破坏集体经济!'包产到户'的目的是为了增产,让群众吃饱吃好。你们只管干下去,不要有思想顾虑,秋天我来看你们收成!"

5月25日,视察山南后,万里在中共安徽省委扩大会议上,专门就积极推动包产到户发表意见。

万里高兴地说:"前两天我到包产到户最早、受非议最多的肥西县去,找群众、队长、组长谈。有人说,活了五六十岁,从来没有看到过这样好的麦子,大家积极性很高。"

接着,万里感慨地说:"我到包产到户的地方访问,他们说如果不是这个办法,麦子不会种得这样好,没有化肥我们自己凑钱买。"

为了消除部分干部的疑虑,万里表示:"我已向中央请示过了。包到户的先干一年,秋后再说。"

6月15日,正值麦收完毕,安徽省委书记万里来到了安徽另一个改革发源地——小岗村所在的凤阳。

在凤阳县委招待所的小楼里,万里听取了县委书记陈庭元的汇报。

万里问:"实行大包干效果怎样?"

陈庭元说:"老百姓对大包干的评论是'大包干就是

好，只要搞上三五年，我们就都富裕了'。"

听着陈庭元的话，万里笑了，他高兴地对陈庭元说："那好！老陈，我就批准你干三五年……"

接着，万里还说："我们现在是解决吃饭问题，只要坚持土地集体所有，不准买卖、不准雇工剥削，单干也没有什么了不起。南斯拉夫70%是单干的，还是承认它是社会主义。"

在万里积极支持安徽改革的同时，四川、甘肃等地政府也在中央政策的指导下，积极支持各种责任制的发展。

中央对农业政策的放宽，使包产到户的农村走向了春天。

包产到户在曲折中前进

1979年,在农民群众急需改变贫困状况的心情的促使下,包产到户迅速蔓延开来。

然而,因为中国农民长期限制在严格的制度框架内,一旦绷紧的弦有所放松,难免无序和混乱。

因此,迅速蔓延的包产到户带来的各种问题,在此时也开始逐渐暴露出来。当然,问题爆发最多的当数改革较为积极的安徽。

早在山南考察时,万里一方面明确支持包产到户;另一方面,万里也对包产到户后有可能出现的争水争肥争耕牛和农具,吵闹打架,破坏公房,损害集体利益和集体经济的现象,表示过担忧。

万里的担忧,很快为迅速蔓延的包产到户浪潮所证实。

自春耕大忙季节后,随着农业生产日趋紧张,包产到户所带来的新矛盾新问题,在最早大范围兴起包产到户的肥西县愈益突出。

首先是"种田累死牛"的现象屡屡出现。

大忙季节,各家都想尽快完成所承包农田的农活,这就使得仍属集体或几家共有的耕牛过度劳累,而同时,耕牛因不属于个人,又得不到相应的草料照顾,这样导致很多耕牛被活活累死。

仅6月份，山南公社插秧就有3头耕牛因使役过度而累死。

与累死耕牛并存的问题，还有社队集体经济受到威胁。

集体派工找不到人，甚至开会都成了问题。为了挖沟修渠，防洪抢险，生产队只得给参加者提取报酬，出工一天给1.5至2元，粮食1至1.5公斤。

更为严重的是出现了因水闹事，大动干戈的民事纠纷。

当时，很多农民眼看水田得不到灌溉而心急火燎，于是，各地为争水发生的口角和摩擦便多了起来，有的甚至引发了打架斗殴事件。

这一系列的事件，使肥西县委深为震惊。

对此，肥西县委担心包产到户的步子迈得太快，问题太多，以至于犯了错误。

因此，肥西县委决定，对包产到户采取紧急刹车的措施。

1979年7月13日，肥西县委召开工作会议，主持工作的县委副书记张文题在长篇讲话中反复强调，不准搞包产到户，并将这一规定作为县委正式文件下发。

这就是轰动全县的四十六号文件。四十六号文件的下达，引起了广大农民强烈不满。

当时，文件下达后，县委要求各级党委层层贯彻，部分社队甚至采取强硬措施纠正包产到户的做法。

肥西的四十六号文件及其强烈的反应，自然惊动了相距不远的安徽省委。

为此，安徽省委打电话要肥西县委的领导同志，到省里汇报四十六号文件的情况。

听取汇报后，万里严肃批评了肥西县委的紧急措施，并明确指出：对"包产到户""不宣传、不推广、不见报"，不要跟群众闹对立，不要挫伤群众的积极性。

然而，肥西县委虽然迫于压力，改变了原来的强硬做法，但思想认识问题并未从根本上解决。

当时就有干部说："中央文件上明令规定不准包产到户，不准分田单干。不管是谁，都得服从中央的！"

肥西县委四十六号文件下达后不久，该县芮店公社党委副书记王学州，因不同意县委的做法，就专程赶到县城，找新上任的县委第一书记李尚德要求说："争水争肥的队是极少数，不能以偏概全说'包产到户'都不好。实在不让搞'包产到户'，我们就不包水田包旱田。"

李尚德频频摇头，转移锋芒："不是县委不让搞，而是地委不让搞。"

在当时，即使在公社党委内部，围绕四十六号文件精神的意见也尖锐对立。

武装部长赞成四十六号文件。他在基层蹲点时曾耳濡目染了"用水打破头，耕地累死牛"的悲剧。

在党委会上，武装部长与王学州唱反调："县委的决定是正确的，再这样下去，集体经济非垮不可。"

王学州无奈地表示："作为党员，我下级服从上级！可我不能眼巴巴地看着夏粮受损失啊！"

因王学州赞成包产到户，远在花岗公社青阳村的妻子孩子也受到刁难，一些人对王学州的妻子说："你家老头在芮店搞'包产到户'，我们不给口粮！"

王学州的妻子哭诉到区、社，得到的同样是训斥。

面对重重压力和阻力，王学州只好只身到省委告状。经过几番波折，他见到了省农委主任周曰礼，并向周曰礼讲述了芮店公社实行包产到户后的变化及县委四十六号文件所引起的强烈反应。

听到王学州的汇报后，周曰礼明确表示支持进行包产到户的试验，并将万里刚刚批示过的反映山南区向阳生产队包产到户一年粮食翻两番的调查报告给王学州看。

王学州到合肥后的第三天，省委王光宇书记专程到肥西，提醒县委领导说："还是瓜熟蒂落，水到渠成，让群众自己搞，即使肥西搞错了，不就一个县吗？省委知道！"

省委的支持，群众的要求，促使肥西县委开始转变态度。

不久，肥西县委下发了五十号文件，强调对包产到户要积极引导，不要强扭，并改"包产到组"为"包田到户，水泵到组"。

就这样，肥西的包产到户虽然经历了四十六号文件的风波，但终未夭折，走了一段弯路后又得到很大发展。

到 1979 年秋天，全县实行包产到户的生产队占生产队总数 50% 以上，比夏季猛增了十多个百分点，年终又增加到 97%，包产到户在全县推广开。

和当时的肥西县一样，安徽以及全国的承包责任制在 1979 年几乎都经历了一个徘徊的过程。

在当时，多山的广西实行责任制也较早。

1979 年，广西不少地方从实际出发，恢复和创造了多种形式的生产责任制形式，主要有包工到组、包产到组、专业承包、联产计酬、包产到户、包干到户等。

但是，不少干部对突然冒出的诸多责任制形式缺乏思想准备，认识仍然停留在旧框框中，对包产到户、包干到户有许多非议，有的地方甚至用行政手段硬性制止，与群众顶牛。

即使在硬顶不住的情况下，他们也只允许在尚未解决温饱的生产队实行。

在改革较早的四川，在进行包产到户时也经过一些曲折。

1979 年 3 月 21 日，四川省委二十八号文件给农村改革规定了不少政策性限制。

当时四川省委主要领导人认为包产到户可在少数贫困地方试行，但不可普遍实行。

所以，四川的包产到户等做法在 1979 年只是在个别地方试行，且处于自生自灭状态。

然而，困难和阻力并没有阻碍广大农民进行包产到户的步伐。在中共十一届三中全会精神的鼓励下，在一些勇于探索的领导干部的支持下，各地纷纷实行包产到户等各种形式的责任制，这促使广大农民的承包责任制实践有了前所未有的发展。

在曲折中发展起来的包产到户，再一次显现了其强大的生命力。到1979年底，全国已有一半以上的生产队实行包工到组，四分之一的生产队包产到组，还有一些队大胆闯进了"包产到户"的禁区。

就这样，包产到户在曲折中获得了前进。

包产到户带来了大丰收

1979年，如火如荼的包产到户责任制，给全国各地农村带去了勃勃生机。分到土地的农民，一改往日的懒散，为了早日致富，纷纷起早贪黑，奋战在农业战线上。

这种拼搏奋斗的精神，在任何一个实行包产到户后的农村都可以看到。

安徽凤阳小岗实行包产到户后，小岗农民的积极性发生了巨大的变化，以前那些偷懒、晒太阳的不见了，取而代之的是起早贪黑的劳动。

农忙时节，小岗农民一家大小全出动，不分白天黑夜地忙着收种。年底种庄稼时，一户农民男劳力病了，仍然带病去播种，最后高烧烧到38度，实在不行了，就喊来邻村的亲戚不分白天黑夜，用了3天时间，就把十多亩田种完了。

当年秋种时，两个多月未下雨。

面对旱情，社员不再靠天等雨，他们男女老少齐上阵，一担担、一桶桶、一盆盆，挑水、拎水、端水选墒抢种小麦。

在他们的努力下，全队115人已种小麦306亩，出全苗的有250多亩。

为了提高产量，群众的施肥积极性也大大提高。当年种的小麦一般都是三肥下种，有的四肥下种。

不少户不但施足了小麦的底肥，还留足了明年小麦追肥和春种用肥。

有的户家有万斤粮，备有千斤肥。据统计，这个队今年秋种前后共买化肥、磷肥、饼肥等各种商品肥3.85万公斤，花了8200多元，未要国家分文。

农闲时节，小岗村民的男劳力们忙着除草、开荒，包产到户给小岗带来了无限的生命力！

那年冬天，小岗异常寒冷，但小岗农民冒着严寒，把村里的河间地头的土地用土垒起来，作为自己的责任田。

就为了这几亩属于自己的责任田，这年冬天，小岗的男劳力个个手都被刺骨的寒风冻开了一道道大大的口子。

当时的各级领导对凤阳的生产非常关心，据当时任凤阳县委办公室秘书的陈怀仁的日记记录：

> 从1979年4月到年底，陈庭元先后十多次前往小岗，观察他们的责任制试行情况，帮助他们排忧解难，交谈丰收后的喜悦，制订下一步工作计划。

小岗人一年来辛勤的汗水和县委领导的关心，终于使"包产到户"在这个贫瘠的小岗村结出了令人振奋的果实。

这年年底，小岗的粮食、副产、人均收入都取得了很大提高。

县委政策研究室的吴庭美将小岗当年的丰收以及小岗人丰收后的喜悦做了如下真实记录。这段记录，至今仍然是小岗"包产到户"最光辉的记载：

今年全队粮食总产13.2万斤，相当于1966年至1970年5年粮食产量总和。

油料总产3.5万斤，群众说："过去20多年总共也没收到那么多的花生。"

芝麻、家庭副业也有很大发展。生猪饲养量达135头，超过历史上任何一年。

全年的粮食征购任务2800斤，过去23年一粒未交还年年吃供应，今年向国家交售粮食2.5万斤，超额7倍多，社员还准备卖5000斤山芋干。

油料统购任务300斤，过去统计表上这一栏，从来都是空白，今年卖给国家花生、芝麻共2.5万斤，超过任务80多倍。

全队还第一次归还国家贷款800元，并可卖肥猪35头，全队还留储备粮，留了公积金。

包干后的丰收，使小岗队的群众对夺取明年的更大丰收充满了信心。

他们说："有了今年的本钱，明年我们肯定还会大增产。"

对明年的收成，他们充满无限的希望，因而生产劲头更大。

农业丰收了，小岗农民们的精神面貌也发生了很大的变化。过去的愁云消失了，人人欢天喜地，个个笑逐颜开。

与丰收一起到来的，还有小岗农民的慷慨。

当时，很多外村、外公社、外县的人纷纷去参观小岗的巨大变化。

各地参观的人去了，朴实而喜悦的小岗人总是像接待客人一样，把人们引进低矮尚未修复的茅屋，捧出炒熟的花生、瓜子。

当有人问："今年够吃不够？"

他们总是指着满满的囤子、圆鼓鼓的"草包"，自豪地说："看！这不都是粮食，过去队里的仓库也别想有这么多！"

外地讨饭的来了，他们也分外大方，大捧大捧的山芋干，大把大把的玉米、高粱拿给人家。

赶到吃饭时，小岗人还会毫不吝啬地把大米饭、白面馍拿给讨饭的人。

面对讨饭者的感激与道谢，小岗人感慨地说："往年，我们也是这样，谁有吃的还出来要饭呢？现在我们有东西吃了，当然也要接济一下和我有过共同命运的农民朋友啊！"

过去收割季节，到处防偷窃，看场的看场，看田的看田，还是免不了丢黄豆、少山芋。

包干后，那么多花生都摊在田里，晒在田里，那么多的山芋干都撒在荒野上，从未发现谁家的东西少了。

深秋季节，成片柿园，火红的柿子挂满了枝头。

外地来参观的人羡慕地问："不怕人摘吗？"

小岗群众无比自豪地说："如今我们已经不稀罕这些了！现在我们自己家里的还吃不完，何必摘别人的呢！"

与小岗一样，安徽全省在包产到户的推动下，也获得了不错的收成。

1979年，安徽没有因为1978年的大干旱而陷于大饥荒之中，在不少地方还获得了好收成。

这一年安徽粮食总产达160亿公斤，超额完成国家计划。其中，超历史最高水平的有滁县、安庆、池州、芜湖4个地区和无为、颍上、凤阳等10个县。

全省著名的三大贫穷片共10个县，粮食增产了30%。

最早试行包产到户的肥西山南，夏粮获得空前的大丰收，单大小麦总产就高达1005万公斤，比1978年翻了两番。

1979年，肥西遭受持续春旱，且风、雹、虫、涝等多种灾害相继交错发生，但粮食总产量仍达到3.75亿公斤，比上年增长 13.6%。

一时间，"要吃米，找万里"成为大翻身后的安徽农民对万里及省委坚定不移地推行责任制的由衷赞颂。

由于放宽农业政策和实行责任制，在全国其他地方，农业生产长期徘徊不前的状况也有所改善。

1979 年，全国粮棉油全面增长。其中，棉花增长 1.8%，油料增长 23.3%。

包产到户给广大农村带来的巨大变化，以无可辩驳的事实证明了包产到户的巨大效应，这也预示着包产到户将会取得更大的发展。

包产到户获得高度认同

1980年1月1日，寒冬的合肥，显得格外阴冷。

在这一天，安徽全省农业工作会议在合肥隆重召开了。凤阳县委书记陈庭元也参加了这次会议。

1月2日，也就是会议的第二天，万里让陈庭元重点介绍凤阳"大包干"的经验，这里的大包干指的是包产到组。

当陈庭元介绍到凤阳如今家家户户有余粮、不少家庭盖新房时，万里高兴地大声称赞道："朱元璋没解决凤阳的吃饭问题，今年大包干解决了，这是了不起的事情，将来在县志上要重重地写上一笔！"

陈庭元见万里很高兴，就趁势再次推出了小岗村，他兴奋地说："万书记，我还有个大包产到户的村呢！要不要去看看？"

万里立刻说："去，马上就去！"

1980年1月24日上午，正当小岗农民在紧张不安等待上级领导表态的时候，万里在滁县地委书记王郁昭、副书记马爱民、新华社记者张广友的陪同下，再次来到小岗生产队。

凤阳县委书记陈庭元、板桥区委书记林兴甫、梨园公社书记张明楼也一同前往。

万里到了小岗生产队的消息像一阵风一样瞬间传遍小岗。老百姓一听说万书记来了,立刻沸腾起来。一些正在田里干活儿的,也扔下农具赶回来,有的外村社员也来了。

"你们小岗现在是怎么干的?"万里一进村,就问前来欢迎的群众。

"我们是单干的。"不知是谁冒了一句。

"哎哟,这个名字不好听。还是叫'包产到户、责任到人'好。"万里纠正道。

万里对群众开门见山地问道:"这样干,你们有什么想法和意见,随便提,随便问,我就是为听你们意见来的。"

一个村民大胆地说:"万书记,中央是不是不允许'包产到户'?"

"大胆地干吧,省委支持你们!"万里果断地回答说。

"我们有点怕!"群众说。

"怕什么?"万里问。

"怕变!"群众异口同声说。

"不会变!"万里肯定地回答。

"'包产到户'比'大帮轰'好,多干几年就有吃的了!"群众说。

"那你们就多干几年嘛!"万里回答说。

"万书记,你能不能给我们个准话,到底能干几年?"几个群众一齐说。

"不放心?"万里笑了,群众也笑了。万里接着说:"你们就这样干,'包产到户'想干多少年就干多少年!不过仓库、牛棚等所有的公共设施,公共财产要保护好,不能破坏集体经济!'包产到户'的目的是为了增产,让群众吃饱饭!"

说完后,万里又对身边小岗干部说:"你的工作搞得不错!小岗这么短的时间,全部搞了'包产到户',这么一件大事,没有出现什么大问题,很不容易;集体财产保护好了,群众生产积极性上来了,形势会越来越好。现在你们要注意可能还会发生的问题。要加强领导,不断完善,不断解决新问题,才能不断前进!"

接着,万里还走进一间低矮的茅屋,微笑着问道:"你们的家能让我随便看看吗?"

"能,看吧。"小岗人齐声高兴地回答。

看到万里如此认同小岗的改革,充满节日喜庆气氛的小岗沸腾起来了,人们闻讯拥出了家门,把身穿棉军大衣的万里及其随行人员团团围住,他们争先恐后地把万里请到自己家里,指着满满的囤子、鼓鼓的"草包",自豪地说:"看!这里都是粮食,过去队里的仓库也别想有这么多!"

于是,万里挨家挨户看了一遍,只见各家各户能装粮食的东西都装得满满的,有的屋里放不下,放到外边埋藏起来了。

他高兴地对小岗群众说:"看起来,小岗真穷,以前

'大帮轰'把农民搞苦了,今年干起了责任到户,粮食大丰收,这下子就不愁吃的了。"

看过之后,万里高兴地对小岗干部和群众说:"你们这样干,形势自然就会大好,我就想这样干,就怕没人敢干。你们这样干了,我支持你们。"

当时有社员担心地说:"万书记,现在有人批评我们小岗'开倒车',这咋办?"

万里当即表示:"地委能批准干3年,我批准你们干5年。只要能对国家多贡献,对集体能够多提留,社员生活能有改善,干一辈子也不能算'开倒车'。谁要说你们'开倒车',这场官司由我跟他去打了。"

这对多年吃够苦头的小岗农民,真是个莫大的支持和鼓舞,他们听到万里这句话,高兴得快蹦起来了,心里一块石头落地了。

望着已经告别了贫困而欢天喜地的农民弟兄,万里作为一名为中国人民的解放事业奋斗了半个世纪的老共产党员,再也抑制不住内心的激动,热泪滴落在坚毅的脸颊上。

板桥区委书记林兴甫在一旁问:"周围群众都吵着要学小岗,怎么办?"

万里果断地说:"学就学呗,只要能多打粮食,对国家多贡献,社员生活能改善,群众要怎么干就怎么干。当领导不要学唐僧,给人家念紧箍咒。他们还没有瓦房,还没有盖高楼呢,让社员富起来,家家都住上楼房,那才称心呢！"

万里的这番话，像一股暖流注入农民的心中。人们满含热泪，衷心感激万里，称他是安徽人民的好领导！

在小岗生产队办公室里，万里接见了"大包干"的发起者、生产队长严俊昌，并和他有过一番对话。

万里说："你作为队长，是过去好当，还是现在好当？"

严俊昌微笑着说："当然是现在好当。不用吹哨、不用敲钟，再也不用挨门挨户地逼着人们去上工。"

万里又问：""大包干"真那么管用？"

严俊昌自信地说："不管天灾人祸，我心里都有把握。除了能够吃饱饭，兴许对国家还有贡献。"

万里放心了，他高兴地说："行！你们这种办法很好，我很早就想，就是没人敢干。既然能解决农民温饱，还能对国家有贡献，那你们愿意怎么干就怎么干。谁也不准再念'紧箍咒'！"

看到小岗人再次得到"翻身"，万里格外高兴。他对随行的干部说："中国农民是伟大的。马列主义也可以出在小茅屋里。"

谈话之间，好几家社员把炒熟的花生送来给万里吃。他们说："万书记，多亏你叫搞'大包干'，现在我们的花生收得很多。要是前两年来，我们想炒给你吃，家里还没有呢！"

严宏昌的爱人段永霞更是用当年结婚时所戴过的墨

绿色方头巾，装了满头巾花生，交给了万里。

万里接过花生说："我可没带钱哟！好吧。我把你们'大包干'的成果带回去给省委常委们尝一尝。"

临离村时，万里一再嘱咐社队干部：一是要做老实人，讲老实话，实事求是；二是不卖过头粮，不搞浮夸风，要接受三年自然灾害的教训；三是要带领全体农民，不但要把粮食生产搞上去，还要大力发展农工副业，使全村农民尽快富起来。

虽然如此，严俊昌还是留了个心眼，开口向万里要"红头文件"。

万里语重心长："红头文件我没有……老严，你若为人民而死，死得光荣，历史会有公道的评价。"

车子缓慢地开出一段路，万里摇下车窗，探出头来叮嘱老严："切切不能说假话，人饿死是因为吹牛皮。"

车行至村头，万里仍不放心，第三次招呼老严过去："如果有人查你，你就说我同意的，让你干5年。"

万里视察小岗，是永载小岗历史的一件大事。万里不仅批准了小岗的包产到户，而且批准了小岗的经验可以学习。

万里的讲话，很快传遍了梨园公社，传遍了板桥区，传遍了凤阳各地。

每当区社干部制止和纠正包产到户时，社员们就会说："万里都批准我们可以学习小岗，你们为什么不同意？"

朴实的小岗群众就是这样利用万里的讲话，强有力地保护了包产到户的实行。

小岗村的"分田单干"从此也由秘密走向公开，并且很快成为享誉全国的中国农村改革的"源头村"。

万里的小岗之行，对安徽农村的改革起了至关重要的作用。

回到合肥后，万里在省委常委会上捧出小岗生产队社员送的花生，一边叫大家品尝，一边讲小岗的情况。

万里再次强调要解放思想，实事求是，并明确向广大干部指出："不管采取哪种形式，只要能增产增收，对国家能多贡献，集体能多提留，社员生活能大改善，就是好办法。"

安徽省委对"包产到户"和"大包干"的肯定，像荡漾的春风，吹绿了安徽的山山水水。

农民称赞这种新形式的承包为：

大包干、大包干，
直来直去不拐弯，
保证了国家的，
留足了集体的，
剩下的都是自己的。

这种承包方式，将国家、集体与个人三者利益紧密地结合在一起，最能够体现社会主义按劳分配的原则，因此，最能够激励农民争取最佳经济效益的积极性。

与小岗一样，1979年的大丰收打消了实行包产到户地方干部的顾虑，他们开始以实际行动，积极支持起包产到户的实施。

在四川，省委领导带头在会上鼓励各地进行包产到户；在贵州、甘肃，省委领导开始允许本省进行包产到户；在全国，各地领导也或公开、或默许地支持本地的包产到户。

有了各地政府的支持，包产到户开始突破禁区，逐渐走向合法化。

三、获得认同

● 陈庭元义正词严地说："今天，我们几个人都来了，给你们梨园担担子，如果今年出什么问题，由我们县、区两级组织来共同承担。"

● 万里严厉地批评道："这个班子不及时调整我看不行，如果再不搞就贻误时机。"

● 邓小平果断地说："政策一定要放宽，使每家每户都自己想办法，多找门路，增加生产，增加收入。"

包产到户再次引发争议

1980年春天，凤阳小岗生产队的包产到户得到万里的批准，这使得"大包干"在安徽如火如荼地开展起来了，安徽农业也提前进入了发展的春天。

然而，从当时的形势来看，中国农村的改革仍有很大的阻力。这种阻力在1月份国家农委在北京召开的全国农村人民公社经营管理会议上，表现得很是突出。

1980年1月11日至2月2日，国家农委在北京召开了全国农村人民公社经营管理会议。

在会上，万里旗帜鲜明地肯定了包产到户是一种联产责任制的形式，与"分田单干"不同。

万里在讲话中说："有些人承认包产到户的效果，但又担心这样做违背中央的决定，其实，这样做正是实事求是地执行中央的决定，和中央决定的基本精神是一致的。"

为此，万里还从所有制关系、分配关系等方面对包产到户做了说明，要求各地对包括包产到户在内的各种责任制形式都加以总结、完善和发展。

在会上，安徽省农委副主任周曰礼做了发言。

发言中，周曰礼介绍了安徽建立包括包产到户在内的联系产量责任制的情况及其效果，并强调"在生产队统一领导下的包产到户，因为它没有改变所有制性质和按劳分配原则，不能同分田单干混为一谈"。

周曰礼的观点受到了大部分参加会议代表们的反对和责难。

有个老同志生气地说："你说得好听！包产到户就是分出单干，是资本主义性质的，如果不坚决制止，放任自流，沿着这条路滑下去，人心一散，农村的社会主义阵地就会丢失。"

还有同志认为："包产到户调动出来的积极性，是农民个体积极性，不符合社会主义方向。"

一个同志干脆说："中央文件明确规定'不许分田单干''也不要包产到户'是完全正确的。何况人民公社'三级所有，队为基础'制度是写进《宪法》里的，搞包产到户不仅违反了中央文件规定，还违反了《宪法》规定。"

当时，国家农委的领导大都表示应按中央文件办事，因而实际上站在了反对者一方。

国家农委领导中的绝大多数要按现行中央文件规定办，即"不许分田到户""也不要包产到户"。

紧接着，由国家农委主办的《农村工作通讯》，在1980年第二期、第三期连续发表两篇文章《分田单干必须纠正》《包产到户是否坚持了公有制和按劳分配》，对包产到户进行了猛烈抨击。

与此同时，2月份，中央调整工作，万里调离安徽回北京工作，新的安徽省委对包产到户的态度发生了变化。

新的省委先后在蚌埠、芜湖召开的北四区、南三区地市委书记会议，对包产到户进行了指责。

来自上面对包产到户的否定，给凤阳包产到户的推行带来了负面影响。被万里肯定的小岗生产队包产到户，再次遇到了阻力。

3月中旬，梨园公社再次要求小岗合并，否则，就不再给小岗化肥、稻种。

小岗的包产到户再次遇到挑战。

1980年3月18日，凤阳县委书记陈庭元在小岗检查工作时，严宏昌把公社的情况向陈庭元做了反映。

了解到情况后，陈庭元非常重视，年过半百的他皱起了眉头，思索着解决的办法。

4月11日，陈庭元带着县委办公室副主任田广顺、县委政研室主任周义贵、板桥区委书记林兴甫等一同前往梨园。

到达梨园后，陈庭元对公社书记张明楼说："你们怕把小岗包产到户的娄子捅大了，公社吃不消，还要叫小岗合并起来，我们是理解的。"

接着，陈庭元义正词严地说："今天，我们几个人都来了，给你们梨园担担子，如果今年出什么问题，由我们县、区两级组织来共同承担。"

这时，随行的田广顺、周义贵、林兴甫也都说："出问题，我们大家共同承担，还是把稻种拨给小岗吧。"

在这种情况下，张明楼同意了。

就这样，小岗包产到户的阻力，再一次消除了。

与小岗一样遭遇阻力的，在安徽乃至全国还有很多，较早示范包产到户的山南自然不能幸免。

1979 年底，国务院一位副部长一行 3 人专程到安徽最先兴起包产到户的山南。

副部长一行显然带有明显的倾向性，他们对 1978、1979 两年山南包产到户所取得的大丰收不感兴趣，不理会当地领导，而专门找缺乏劳动力的困难户做调查，搜集了包产到户九大问题的反面材料。

这位京城大员直截了当地对山南区委书记汤茂林说："增产倒是增产了，可弊病很多，不能解决生产队的实际问题，性质变了，水的问题、烈军属问题、困难户的问题很突出，这样下去，集体经济越来越弱了。"

汤茂林对副部长以偏概全的看法不满，认为副部长一行搜集到的材料是单方面的。他辩解说："人民公社搞了多年，也没有解决吃饭问题，实行责任田后却解决了。'死驴死牛''水源纠纷'，过去也有过，不能都推到责任田头上。对于五保户和困难户，我们给予适当照顾。所以，不能光看实行责任田过程中的弊病。"

然而，汤茂林的一席话，并没有改变副部长的看法。

安徽率先实行责任制，特别是在包产到户这一不可逾越的禁区冒了尖，不可避免受到其他地方的指责和攻击，以防"资本主义祸水"蔓延到自己身边。

许多地方对安徽的做法表示出强烈的反感，这使安徽处于群起而攻之的四面楚歌声中。

首都北京：包产到户是"独木桥"，几十年的革命证明它是中国的死胡同……

紧邻安徽的湖北：紧紧扎起社会主义篱笆；绝不让安徽资本主义毒液蔓延……

毛泽东家乡湖南：包产到户是社会主义新时期阶级斗争的新动向……

革命老区和庐山会议所在地江西：要重新进行集体经济优越性教育，现在真理的山峰被蒙上迷雾……

拥有全国农业学大寨红旗的山西、全国农业机械化程度最高的黑龙江，以及一些曾多次因包产到户受到批评的省，不约而同地对安徽的包产到户展开了各种形式的批评。

当时，在与安徽接壤最多且一向政策稳定的江苏，仍处在"大帮轰"的状态中，面对安徽的包产到户，江苏各地干部表现出激烈的反对情绪。

在江苏与安徽交界的乡村、路口、田头，赫然醒目地刷出大标语，许多社队用高分贝的大喇叭向安徽发起了猛烈的"进攻"："坚决抵制'单干风'！""坚决反对复辟、倒退！""坚决批判'三自一包''四大自由'的流毒！"

1980年，一家在国内很有影响力的杂志发表了一篇题为《分田单干必须纠正》的文章，对安徽等地实行的包产到户的做法进行了公开批判,指责包产到户就是"分田单干",要求人们反对"分田单干和包产到户的错误做法"。

一时间,反对"包产到户"的声音充斥了全国上下。

刚刚在 1979 年获得丰收,准备在新的一年大干一场的人们开始忧虑起来。

那些眼红于别地获得丰收,准备也实行包产到户的地方也开始犹豫起来。

包产到户的命运变得扑朔迷离起来。

呼唤包产到户合法化

1980年新年刚过,和煦的春风吹绿了神州大地。

一年之计在于春,这是千百年来中国农民无比熟悉的道理。只有春种,才会有秋收。

此时,全国各地对包产到户的质疑和争议并没有吓住万里,吓住向往富裕的安徽农民。

1980年1月,安徽省召开县委书记以上干部参加的农业工作会议。

这次会议是对责任田实行一年的总结和检阅,也是对春耕生产的部署和动员。因此,全省干部群众对此会异常关心。

在会上,对包产到户的支持再次成为主旋律,其中,颖上和霍邱这两个相邻的县格外引人注目。

当时,颖上县大力推广责任制,农业产量超过历史最高水平。而与之相邻的霍邱却因主要领导人动摇徘徊,甚至和群众对着干,不仅未增产,反而大减产。

因此,当颖上县在会上报捷时,霍邱只得做检讨。对此,霍邱的干部很不服气。

在会上,万里严厉批评了霍邱领导人:"你们不要跟群众对着干!我们拿颖上和霍邱对比你不服气,你霍邱周集区增产,全县和周集区相比条件并不坏,为什么这么大减产，给老百姓造成这么大的损失！这个班子不及时调整我看不行，如果再不搞就贻误时机。"

万里扫了一眼各个与会同志，接着说："我是不怕得罪人的，按原则办事，不能拿老百姓的利益做交易！省委搞不好，我们向中央请罪，哪个县搞不好，哪个地委搞不好，都要负责，不这样我们安徽搞不上去！你县委犯错误，我们不能让老百姓挨饿，有的口粮只有200来斤，这样大的问题，不讲行吗？"

万里的一席严厉批评虽然对领导层触动很大，但并没有也不可能一下子解决领导层中部分干部的思想认识问题。

就在此次会上，围绕是否搞包干到户和包产到户问题的论争，一直不断。

当时，自然条件差的滁县、六安等地区主张搞下去，而自然条件较好一些的安庆、合肥、阜阳等地区却不主张搞。

一位曾经历过淮海战役战火的老干部，更以其对革命的忠诚之心痛苦地表达了忧患意识："这哪像社会主义。毛主席他老人家辛辛苦苦几十年，我们呢，一步退到'解放前'。"

"辛辛苦苦几十年，一步退到'解放前'"的心态并不是个别的，另一种担心支持包产到户会犯错误的人也不在少数。

对此，万里深深感到不在领导层中解决认识混乱造成的问题，责任制的进一步发展，甚至于稳定下来都不可能。

为此，万里在会上做了《要敢于改革农业》的长篇讲话。在讲话中，万里坦率地指出：

"包"字是个好东西，凤阳的大包干，火车上的三八包乘组，这是中国人的一种土的说法，不要怕这个"包"字。

在那些长期经济落后，集体经济搞不好，极"左"思潮干扰严重，群众生活一直非常贫困的情况下，群众习惯于小农经济，这有历史根源和阶级根源。

"包产到户"并不是我们主张，问题是已经有了，已经生了孩子，他妈妈挺高兴，哎呀，可解决大问题了，给报个户口吧，孩子挺好的！

许多人去看了看都热烘烘的，回来以后就凉了半截。为什么呢？不合法，要批判呀！

"包产到户"没有什么可怕！我们的根本态度是不能打击群众的积极性。群众已经认可了，苦苦哀求："让我们干两年好不好啊！"同志，批准！为什么不可以？为什么责难那么多……

万里代表省委在全省领导层中公开表达了坚定支持

"包产到户"的意见，使"包产到户"从"不宣传、不推广、不见报"的秘密状态中走了出来。

顿时，在江淮大地，以"包产到户"为先导的农业生产责任制犹如欢腾的春潮涌动起来了。

然而，在全国各地，一方面是广大农民和部分干部积极欢迎包产到户；一方面是部分干部极力抵制包产到户，包产到户遇到了阻力。

此时，广大农民和部分干部极力渴望党中央能够让长期遭受批判的"包产到户"取得公开合法的地位，使包产到户这一利民举措在农村得以大胆展开。

包产到户逐渐得到认可

1980年春天,农村改革前的各种时机开始逐渐成熟起来。

2月,胡耀邦成为中央政治局常委,并当选为新成立的中央书记处总书记。

在安徽进行改革的万里,也当选为中央书记处书记,并进京担任国家农委主任,同时接任主管农业的副总理。

随着时间的推移,发轫于安徽、四川等地的农业生产责任制逐渐为世人所关注。

在当时,尽管阻力和压力甚大,但支持的人却逐渐多了起来。不少从事理论和政策研究的人开始走出长期从事的"上层领域革命""大公"模式,开始将目光投向不为人重视的农村,进行广泛的调查研究,写出了不少关于承包责任制的有分量的调查研究报告和文章。

毋庸置疑,理论工作者的这些报告,为包产到户的合法化提供了思想上和舆论上的准备。

1979年8月,郭崇毅在一篇题为《责任到户的性质及其有关问题》的报告中写道:

7月,我去北方出了一次差,行程数千里。接触了许多中央和外省工作的同志,大家对安徽都异常关切，听说肥西大旱之后获得了特大丰收，无不为之惊异！大家认为，既然责任到户能获得大幅度增产，就应公开宣布其合法化。

报告根据到肥西的调查情况，肯定责任到户是走社会主义道路，并针对一些不了解农村的人对责任到户的十大忧虑提出了针对性看法，指出这些忧虑是不必要的。

报告最后明确回答：

> 什么条件适宜责任到户？唯一的检验标准就是看它是不是能够促进生产。

10月，陆学艺、贾信德、李兰亭写了一篇题为《包产到户问题应当重新研究》的报告。

在报告中，陆学艺等人谈到他们夏天到安徽农村调查的情况，并提出了三个重要问题：

1. 不能把包产到户等同于分田单干，更不要把包产到户批为单干风。
2. 包产到户是搞社会主义，不是搞资本主义。实行包产到户不仅没有改变生产资料公有制和按劳分配，而且能更充分地发挥社员的生产积极性。
3. 对1962年包产到户问题，要重新调查研究，实事求是地作出结论。这对于安徽，乃至对于全国的农业发展都很有意义。

最后，报告还尖锐指出：

前些年，广大农村干部和社员被"搞资本主义"这根大棍子打怕了，也打穷了。"宁要社会主义的草，不要资本主义的苗"，宁愿大家受穷，也不敢变动一下子，让生产发展起来。这种极"左"的理论，至今还像镣铐一样禁锢着我们一些同志的思想。这些问题如果不解决，我们的农业生产就很难有根本的好转。

1979年11月27日至12月5日，中国农业经济学会在北京市密云县举行学术年会。

会议认为，现行的农业经济体制管得过死，影响农民的积极性。

为此，会议根据农村实践，探讨了农业生产责任制形式。会议认为，目前出现了包工到组、大包干、包产到户等三种形式，并对这三种形式给予了肯定。

以上一系列因素便构成了促使包括包产到户在内的农业生产责任制蓬勃发展的大气候。

1980年春，责任制由点到面向全国扩展，形成良好的势头。对此，《人民日报》和一些报刊予以公开连续报道。

1月4日的《人民日报》报道：

中共四川省委在研究1980年农业生产计划时，决定继续批判极"左"路线，进一步落实农业经济政策，实行严格的生产责任制，促进农业生产持续发展。

1月15日的《人民日报》报道：

中共江西省广昌县委加强领导，进一步完善包工到组，联系产量计酬的生产责任制。社员说："责任制扎下根，我们就放了心，夺取丰收更有劲！"

1月22日的《四川日报》报道：

中共四川省仪陇县委思想大解放，采取3项顺乎民心的措施，首先就是不忌讳"包"字，积极推行包工到组，联产计酬的生产责任制。

2月6日的《安徽日报》报道：

中共芜湖地委召开会议讨论完善生产责任

制的措施，决定层层举办短训班，抽调骨干到基层，尽快确定和稳定各种形式的生产责任制。

4月13日的《人民日报》报道：

　　湖南省长葛县1600个生产队实行"包工到组，联产计酬"，为夺取今年农业丰收创造了条件。

随着人事、理论和舆论工作的完成，中央同意包产到户的文件呼之欲出。

邓小平支持包产到户

1980年1月31日15时,中央政治局领导听取了国家农业委员会关于1月份的那次会议情况的汇报。

参加会议的有华国锋、邓小平、李先念、胡耀邦、余秋里、王任重、姚依林等,各省、市、自治区农委负责人也参加了汇报会。

国家农委副主任杜润生汇报了会议情况。

邓小平讲了话。他主要讲了一个问题,就是到二十世纪末达到小康目标,每人收入1000美金。他说:"这是个战略思想,实现这个目标是不容易的。我们要按照1000美金这个目标,考虑我国经济发展的速度,考虑农村经济的发展,现在不定出规划,不确定目标,四个现代化就没有希望。"

1980年2月,全国农村人民公社经营管理会议后,万里被调往北京,在2月下旬召开的党的十一届五中全会上,万里当选为中央书记处书记。

4月中旬,在五届全国人大常委会第十四次会议上,万里被任命为国务院副总理。

万里调至北京后,一面争取新闻舆论界的支持;一面多次向邓小平、陈云等中央领导汇报安徽农村包产到户的情况,谈论改革给安徽农村带来的喜人变化。

邓小平对这场农村改革及其争论十分关注，他不仅仔细听取了万里的汇报，也花精力翻阅了大量有关材料，认真思考。尤其是对此时关于"包产到户"的大争论，更是给予关注。

正当全国对包产到户议论纷纷的关键时刻，作为中国改革开放的总设计师——邓小平敏锐地察觉到了存在于农村改革方面重大的思想分歧，同时，他也清楚地看到农村改革成功与否，将直接影响中国改革的大趋势。

在此关键时刻，邓小平以极大的勇气和魄力站出来，发表了针对性、指导性极强的讲话，为处于风口浪尖上的农村改革把准了方向。

1980年4月2日，邓小平找胡耀邦、万里、姚依林、邓力群等人谈话。

谈话中，邓小平明确表示：

> 农村地广人稀，经济落后，生活穷困的地区，像贵州、云南、西北的甘肃等省份中的这类地区，我赞成政策要放宽，使他们真正做到因地制宜，发展自己的特点。西北地区就是要走畜牧业的道路，种草造林，发展现有的牧场，建设新牧场，自留畜要放宽⋯⋯
>
> 农村要普遍鼓励种树，实行一人种活多少棵树，谁种归谁的办法。
>
> 有的地区可以搞自留山，要发展多种副业，

发展渔业、养殖业……

胡耀邦、万里、姚依林几个人都点头赞同邓小平的观点。

接着，邓小平果断地说：

> 政策一定要放宽，使每家每户都自己想办法，多找门路，增加生产，增加收入。有的可包产到组，有的可包给个人，这个不用怕，这不会影响我们的制度的社会主义性质。

邓小平停顿了一下，充满期望地说："政策放宽以后，有的地方一年可以增加收入一倍多。我看了许多这样可喜的材料，要解放思想！"

最后，邓小平还强调：此事请万里同志研究个意见，提到书记处讨论。

对小岗包产到户来说，邓小平的讲话，无疑是一句划时代的声音。

5月31日，邓小平再次就农村改革发表重要谈话，这次谈话对凤阳大包干给予了充分肯定和支持。

邓小平说：

> 农村改革放宽以后，一些适宜搞包产到户的地方搞了包产到户，效果很好，变化很快。

安徽肥西县绝大多数生产队搞了包产到户，增产幅度很大。"凤阳花鼓"中唱的那个凤阳县，绝大多数生产队搞了大包干，也是一年翻身，改变面貌。

有的同志担心，这样搞会不会影响集体经济。我看这种担心是不必要的。实行包产到户的地方，经济的主体现在也还是生产队。

接着，邓小平还特别强调指出："从各地的具体条件和群众的意愿出发，这一点很重要。"

最后，邓小平还一针见血地指出：

总的说来，现在农村工作中的主要问题还是思想不够解放。

邓小平在不到两个月内，两次就农村改革发表谈话，为全国农村的改革指出了方向，特别是第二次讲话，明确地肯定了凤阳大包干，为小岗包产到户平了反，正了名，上了"户口"。

邓小平的讲话对于打破一些人的思想僵化和畏惧心理，无疑产生了重要作用。

据万里后来回忆说：

总之，中国农村改革，没有邓小平的支持

是搞不成的。1980年春夏之交的斗争，没有邓小平的那一番谈话，安徽燃起的包产到户之火，还可能会被扑灭。光我们给包产到户上了"户口"管什么用？没有邓小平的支持，上了"户口"还很有可能会被"注销"的。

就在邓小平两次讲话后不久，陈云、胡耀邦等中央领导人也在不同场合对这场农村改革表明了态度。

1980年春天，有一次陈云见到万里，合掌抱拳，高兴地对万里说："万里同志，我完全赞成在农村政策方面的那些做法。"

在当时，还有一些老同志对安徽的做法，也是支持的，但没有公开表态。长期以来传统思想禁锢人们的头脑，包产到户一直被当作"资本主义"，被当作"反动"的东西，被说成是"阶级斗争"问题，是立场问题，所以有的同志内心同情，不愿公开表态。

邓小平讲话之后，很多老同志就公开大胆地表示支持，并积极提供各种好的建议。

中央正式认同包产到户

1980年春天，随着局势的发展，特别是邓小平关于支持农业的两次谈话后，负责农业工作的领导同志敏锐地意识到，新的转机终于出现了。

万里趁机向胡耀邦提议召开一次省委书记会议，"通一通思想"，并建议胡耀邦讲一下包产到户的问题，把包产到户从"独木桥"变成"阳关道"。

随后，党中央及时派出了大批理论工作者和实际工作者，分赴十多个省进行调查研究。

1980年9月，在调研的基础上，中央新的领导班子抓住时机，决定在北京召开各省、市、自治区一把手的座谈会，专门讨论加强和完善农业生产责任制问题。

9月14日至22日，中共中央召开各省、市、自治区党委第一书记座谈会，讨论加强和完善农业生产责任制的问题。

座谈会总结了过去党在农村集体化问题上的经验教训，肯定了十一届三中全会以来农村出现的各种责任制形式。

座谈会明确提出，凡有利于鼓励生产者最大限度地关心集体生产，有利于增加生产，增加收入，增加商品的责任制形式，都是好的和可行的，都应加以支持，而不可拘泥于一种模式，搞一刀切。

座谈会最后指出，在社会主义公有制和集体所有制占绝对优势的情况下，生产队领导下实行的包产到户是依存于社会主义经济的，不会脱离社会主义轨道，没有什么复辟资本主义的危险，因而并不可怕。

最后，会议形成了《关于进一步加强和完善农业生产责任制的几个问题》。这份座谈会纪要专门就包产到组、包产到户做了如下阐述：

> 在那些边远山区和贫穷落后地区，长期吃粮靠返销，生产靠贷款，生活靠救济的生产队，群众对集体丧失信心，因而要求包产到户，应当支持群众的要求，可以包产到户，并在一个较长的时间内保持稳定。就这种地区的具体情况来看，实行包产到户，是联系群众、发展生产、解决温饱问题的一种必要的措施。就全国而论，在社会主义工业、社会主义商业和集体农业占绝对优势的情况下，在生产队领导下实行包产到户是依存于社会主义经济的，而不会脱离社会主义轨道的，没有什么复辟资本主义的危险，因而并不可怕。

9月27日，中共中央根据上述会议座谈纪要，印发了《进一步加强和完善农业生产责任制的几个问题的通知》（以下简称《通知》），即中央 1980 年七十五号文件。

《通知》明确提出：

要求全国各地结合当地具体情况贯彻执行。

中央七十五号文件认为"边远山区和贫困落后地区"可以搞包产到户，承认了包产到户的合法性，对包产到户是一个巨大的推动。

因此，中央七十五号文件颁布以后，包产到户的发展速度很快。

从此，从小岗到凤阳，从安徽到四川，再到全国，大包干的星星之火点燃了全国农村。

一场波及全国各地的农村改革开始了。

包产到户获得重大突破

1980年，包产到户开始在全国获得突破性进展，这个进展主要集中于七十五号文件中所说的边远和贫困地区。

4月，全国编制长期规划会议期间，邓小平同意国务院副总理姚依林的意见，指出在农村地广人稀、经济落后、生活贫困的地区，像贵州、云南、甘肃等省份中的这类地区，政策要放宽，有的就是要实行包产到户。

邓小平的讲话和姚依林的意见给落后贫困地区发出了一个信息，就是在这些地方可以实行与全国不同的特殊政策，即采用包产到户的做法。

因此，包产到户在这些地方得到较快发展。

9月，中央七十五号文件对于"边远山区和贫困落后地区"可以搞包产到户的规定出台后，这些地区的包产到户发展更快了。

1980年初，在西南偏远的云南省，省委通过大量调查研究，决定在100万左右人口的边疆山区采取"比较灵活一点的生产组织形式"，准许包产到户但还不敢公开提。

邓小平讲话和姚依林的意见，有力地促进了云南广大干部思想的解放。省委书记安平生说，现在是"从天上回到地下"。

中共云南省委随之决定在1000万人口的边疆少数民族经济落后的地区和内地高寒、分散、贫瘠山区推行包产到户和包交提留到户。

7月底，在全省县委书记会议上，省委又进一步指出：

> 这类地区不管有多少，从实际出发，有多少算多少。可以搞包产到户，也可以搞包交提留到户，也可以是其他形式。只要坚持社会主义公有制和按劳分配原则，只要是群众愿意实行的，能够增加生产的，都可以搞。

两包责任制受到了农民的热烈欢迎，会后，两包责任制就在这些地区迅速建立起来。

到1980年底，包产到户的生产队占全省生产队总数的9.4%，包交提留到户的生产队占到13.3%，"两包"到户在云南已取得突破性进展。

在多山贫困的贵州省，包产到户发展较快。到1980年6月，全省实行包产到户的生产队占生产队总数的11.8%，实行包干到户的占6%。

但是，当时贵州省的领导人一直提心吊胆，省委书记池必清说："乡下一年来的局面是一场拔河比赛，那一边是千军万马的农民，这一边是干部。"

中央同意包产到户后，池必清果断地表示现在是"下决心包产到户"的时候了。

1980年夏天，中共贵州省委发出关于放宽农业政策的指示，要求各地在"三秋"大忙季节前把放宽农业政策的工作基本落实到生产队。

随后，贵州全省县、社两级召开干部会，讨论实行包产到户和包干到户的问题，"双包"到户得以迅速发展。

很快，实行"双包"到户的生产队便已占全省所统计队数的50.2%。

地处西北的甘肃，经济状况长期落后。

1977年，中共甘肃省委改组，宋平任省委书记，甘肃的形势开始发生了变化。

中共十一届三中全会后，甘肃省委放宽农业政策，实行多种形式的生产责任制。

1980年4月，邓小平讲话和姚依林发表有关意见后，当月底，省委书记宋平就做了关于贫困山区可以实行责任到劳的"责任田"制度的讲话。这个讲话受到了农民群众的热烈欢迎。

6月，甘肃省委召开了河东6个地、州委书记座谈会，专门讨论了推行责任制问题。

此次会议提出：

凡是集体生产长期落后，群众生活十分贫

困，许多困难问题在短期内又不能解决的生产队，以及那些居住分散的山区社队，只要绝大多数群众要求，可以实行包产到户，至少几年不变。

根据此次会议精神，包产到户在全省迅速推行。很快，实行包产到户的生产队占全省生产队总数的38.76%。其中，中部干旱地区和部分困难地区进展更快。平凉地区和临夏自治州均达到70%，定西和武都地区平均达80%。

在包产到户起步较早的安徽，在最初两年普及面尚不大。全省实行包产到户的生产队1978年只占总数的0.4%，1979年底发展到10%，到1980年5月，便已占23%以上。

湖北省是产粮大省，但自然条件和经济发展很不平衡。到1979年底，湖北省才推行定额计酬，少数地方实行联产到组，实行包产到户更是极少数。

1980年春，正当相当一部分干部对联产到组还心存疑虑的时候，湖北农村的部分边远山区和其他地区的极少数贫困社队，受毗邻的四川、安徽等省的影响，实行了包产到户责任制。

顿时，这一举动引起了全省上下的震动，讨论异常激烈。从省到基层，都有一些干部持怀疑、观望态度，或者持否定、反对态度。

有些干部还指责包产到户就是单干，是走资本主义道路。干部中的这种态度，在集体经济和农民生活状况较好一点的平原、丘陵地区更为突出。

对此，湖北省委领导只同意少数山区可以试行包产到户，一般经济较好的地方则不宜采用这种办法。

9月中央文件的下发，再次激起了湖北包产到户的激情。

10月，中共湖北省委召开全省地、市书记会议，再次强调清除"左"的影响，尊重群众意见，让群众自己选择不同形式的责任制。

湖北省委的"松绑"大大促进了包产到户的发展。1980年底，湖北省大部分山区和平原、丘陵地区的旱地普遍实行了包产到户。包产到户实行后，在当年，包产到户的效果就充分显现了出来。

1980年，中国遭受了几十年来少有的南涝北旱，但由于贯彻了党和国家一系列农村政策，特别是采用了多种形式的生产责任制，调动了广大农民的生产积极性，农业生产取得较好收成。

这一年，粮食产量3.2亿吨，是新中国成立后仅次于1979年的第二个粮食高产年。棉花270.7万吨，比上年增加50万吨；油料769万吨，比上年增加126万吨，均创新中国成立以来最高纪录。

同时，农民的收入有了较大增长，一些长期贫困落后地区扭转了"吃粮靠返销，生产靠贷款，生活靠救济"

的状况。

特别是在一些实行责任制较早、速度较快的地方，农村面貌变化更大。

位居西南大山区的贵州部分地区实行包产到户后，1980年，贵州全省粮食总产量达到64.8亿多公斤，比上年增产2.85亿公斤，成为新中国成立以来第二个高产年。油菜籽入仓达1.45亿公斤，创历史最高水平。

当年全省农村人均收入达到167元，增长23.1%，创历史最高纪录。长期为温饱生活而奋斗的农民，初步实现了温饱生活目标。

1980年，云南的"双包"到户进展快，收效也明显。

许多长年不得温饱、吃粮靠返销、生产靠贷款、生活靠救济的"三靠队"，生产得以发展，缺粮问题得到缓解，经济收入有所增加，农村口粮返销大幅度下降。

该省新平彝族傣族自治县有382个多年的"三靠队"，1980年分别采用包产到户责任制，竟在大旱之年解决了吃饭问题，取得了好收成，令人惊叹不已。

甘肃实行包产到户责任制后见效也很快。包产到户的社队1980年人均口粮都在250公斤以上，有的高达550公斤。

四、走向富裕

● 国务院的一位领导说:"包产到户,堵是堵不住的,只能导,不能堵,群众要求政策3年不变,我们就按群众意见办。"

● 大寨农民高兴地说:"砸了大锅饭,磨不推自转。"

● 辽宁农民说:"俺们3年吃了3颗定心丸。第一颗定心丸,致富开了窍;第二颗定心丸,致富有了道;第三颗定心丸,致富顾虑消。"

中央完善包产到户政策

1980年底,中央召开了专门工作会议,讨论农村包产到户及各种经济发展政策。

在此次会议上,邓小平指出:

> 三中全会关于农业的决定和今年中央印发的关于进一步加强和完善农业生产责任制的几个问题的文件,已经充分证明行之有效,要继续贯彻执行,大力落实。
>
> 并注意随时解决执行过程中出现的问题。我国农业现代化,不能照抄西方国家或苏联一类国家的办法,要走出一条在社会主义制度下合乎中国情况的道路。

邓小平的讲话除了肯定生产责任制外,还鼓励大胆探索新的农业发展道路,这对于全党解放思想、开拓创新有重要积极意义。

1981年1月1日至8日,中央的一位领导人到农村进行考察。

在考察中,这位领导人听取了地方干部的汇报,访问了一些农户,对农村中正在进行的生产经营方式的改革给予了热情的肯定和支持，并提出了进一步改革的方向。

在同困难地区的干部谈话中，这位领导人说："包产到户，堵是堵不住的，只能导，不能堵，群众要求政策3年不变，我们就按群众意见办，在这些地方包产到户的办法要稳定一个时期。"

针对中央不许先进地区实行包产到户的情况，这位领导人说："就是先进地区，也存在压抑生产力的矛盾，也需要改革，不能总是照原样搞下去。"

考察完回到北京后，这位领导人总结沿途所见所闻，提出全国三类不同的经济发展水平的地区，可以采取不同的责任制形式：

> 好的地区，集体经济比较巩固，生产在逐年发展，农民生活在逐步提高，这样的地区主要应该实行专业承包、联系产量计酬的责任制，实行包产到组的作业组可以自愿结合。
>
> 中间状态的地区，应该引导到在"统一经营、联产到劳"，实行包产到劳，联产计酬的办法。
>
> 困难落后的地区，可以搞包产到户、包干到户。

4月14日前后，国务院农口各部门派出17个调查组，重点调查农业生产中的联产计酬责任制等问题，为中央进一步制定农村改革的方针政策提供资料和建议。

1981年6月召开的中共十一届六中全会审议和通过了《关于建国以来党的若干历史问题的决议》，对新中国成立以来党的大政方针、社会主义建设的经验教训进行了正确的总结和评价，分清了是非，党的思想认识得到进一步统一。

与此同时，六中全会对中央人事做了重大调整。华国锋辞去党中央主席和中央军委主席职务，胡耀邦当选为中共中央主席，邓小平为中央军委主席。邓小平、胡耀邦为主要成员的中共第二代领导集体正式形成。

第二代领导集体的形成，对于积极贯彻三中全会精神，实事求是，大胆探索社会主义建设道路提供了组织保证，也为农业生产责任制的蓬勃发展提供了广阔的政治空间。

包产到户推广到全国

1981年,在中央文件的支持下,包产到户突破了只在落后地区实施的情况,开始迅速向中心、富裕地区全方位地递次扩展。

1981年1月15日至23日,内蒙古自治区召开了农区半农半牧区经营管理座谈会。

会议谈到在1979至1980两年里,自治区90%的生产队建立了多种形式的生产责任制。其中40%左右的生产队实行了包产到户、包干到户。实行责任制后,自治区的农业生产出现了少有的好形势。

因此,会议认为,内蒙古属中国北部边远地区,经济落后,各地情况千差万别,应因地制宜采用包括包产到户、包干到户在内的多种形式的农业生产责任制。

在此次会议的带动下,在内蒙古自治区各地纷纷实行了包产到户等各种形式的责任制。

1981年,在中央领导人的支持和中央文件鼓励下,云南的"双包到户"责任制迅速兴起。

最初,云南省委只决定在边疆民族地区和内地高寒贫瘠山区推广"双包到户"。

不料,"双包到户"在这些地方取得明显成效后,形成了强烈的冲击波,使山区、半山区以至平坝地区产生了极大的震动。

在此种情况下，这些地区的广大农民纷纷议论并强烈要求推行"双包到户"，有的甚至自行采用这类形式。

面对这一情况，云南省委的态度变被动为主动。

1981年5月，云南省委召开了全省地州市委书记会议，讨论农业政策问题。

在会上，云南省委总结了推行多种生产责任制的情况，开始纠正那种"硬顶""硬扭"的做法，郑重指出：

> 建立生产责任制，要敢于从实际出发，不能单纯按自然条件和区域来机械地规定山区、坝区、边疆、内地只能实行什么形式的生产责任制，不能实行什么形式的生产责任制。一个生产队到底采取哪一种生产责任制，应根据群众的意愿，尊重生产队的自主权。

同年11月，在云南全省县委书记会上，省委书记安平生进一步指出：

> 关家生产队的经验说明，即使在平坝地区，在一个生产队内，对粮食实行统一经营，包干到户；对多种经营实行专业承包，联产计酬是可行的。我们应当以满腔的热情支持这一新鲜经验。

> 不要为自己原先说过的话或发过的文件所束缚，只要为实践证明一种观点已经过时或有不完备或错误之处，就要勇于抛弃或改正。

在云南省委的领导下，大包干责任制在云南突破了只在落后地区实施的限制，开始在一般的生产队推广。

在全省上下的共同努力下，仅仅过了一年，云南全省农田包干到户的生产队达到91.7%。

湖北是产粮产棉大省，受毗邻的四川、安徽等省份的影响，包产到户责任制首先在鄂西的恩施等山区和边远地区实行。

在群众的强烈要求下，平原和丘陵地区的旱地也被允许实行包产到户。但直到1980年底，对水田能否包产到户仍然存在很大争议。

农民对这种情况很有意见，地处江汉平原的荆州地区就有"包白（棉田），不包水（水田），等于活见鬼"之说。

2月，中共湖北省委召开第一次农村工作会议。

此次会议对推行生产责任制提出了"方向要明确，步骤要稳妥"的指导方针，一再强调不能搞强迫命令，要尊重群众的创造精神，并肯定了水田也可以包产到户的做法。

在此次会议精神的带动下，湖北全省包产到户进行很快。到1981年底，全省已有98.9%的生产队实行了各种形式的责任制，其中实行包产到户的生产队达 60.7%。

浙江位于中国东部经济发达地区。

当时，浙江责任制进行较为缓慢，在很长一段时间处于被动状态，直到 1980 年中央七十五号文件发布时，联产计酬、包产到户也只是在极少数地方偷偷地实行。

在贯彻中央七十五号文件时，不少干部片面强调浙江绝大多数地区不属于"三靠"地区，社队集体经济比较巩固，"不需要也不应当推广包产到户"，"即使是少数'三靠'队，包产到户也不是克服困难的唯一办法，不是长久之计"，并且对"包产到户势在必行"的观点进行批评，把包产到户看成是一个违背社会主义原则的方向问题。

1981 年 1 月，中共浙江省委召开工作会议。此次会议发了一个《认真解决包产到户问题的通知（草稿）》，征求意见。

这个"通知"因意见不一致而没有正式下发，但这对一些支持群众搞包产到户的干部造成了压力，以致在实际工作中发生了强行"纠正"包产到户、干部与群众顶牛的情况。

浙江阻碍包产到户的问题，引起了农民群众的强烈不满，也受到了中央的关注。

1981 年春，中央领导人对某些地方强行纠正包产到户的做法提出了批评。

同年 4 月，中共浙江省委召开地、市委书记会议，对前一段不赞成联产到组和在非"三靠"地区"纠正"包产到户问题做了自我批评。

在这次会议上，对于经济比较发达地区搞包产到户的问题还没有松口。

但是，农民群众的要求已成不可阻挡之势，一部分地、县领导干部也开始转向支持包产到户、包干到户，"双包"责任制由此得到迅速发展，1981年形成高潮。

收获的季节到了，凡是实行"双包"责任制的地方第二年都获得春粮大幅度增产。

为此，中共浙江省委因势利导，充分肯定了"双包"责任制的重要意义，并提出在经济发达地区也要实行这种责任制。

禁令一解除，"双包"责任制再现高潮，到1982年底，浙江全省大田生产实行"双包"责任制的生产队已占90%以上。

与安徽省接界最多的江苏，是全国经济最发达的省份之一。

1979到1981年，江苏省的农业总产值均居全国首位。而在江苏，位于长江三角洲的苏南最为富庶，社队企业最为发达。

安徽兴起家庭承包制以后，江苏先是持强烈抵制态度，后见抵制不住便以消极观望情绪对待。

当时，因为邻近的安徽省变化显著，受此影响，较为贫困的苏中部分社队偷偷学习邻近安徽的经验，自发地试行责任制。

而富庶的苏南则基本未动。一些地方干部担心"双包"会带来生产体制的大动荡，造成农业发展的高速度慢下来，农作物的高产量掉下来，作为台柱子的社队企业垮下来，因此对安徽和苏中的做法兴趣不大。

但令苏南人没有想到的是，苏中和苏南个别社队实行家庭联产承包以后，效果十分明显，很多以前贫困的地区，实行责任制后，很快都富裕了起来。

对此，苏南发达地区不少农民和基层干部不能不为之心动，决心也实行包产到户。很快，全省99%以上的生产队都实行了包干分配或包干到户。

与江苏省的情况有些类似的还有广东省。广东地处华南沿海，自然地理条件较好，特别是珠江三角洲地区，土地肥沃，资源丰富，经济发达。

当家庭联产承包制在内地兴起时，广东干部对包产到户并不是表现积极，因此，当时广东的步伐并不快。而其中，地处珠江三角洲、毗邻港澳的佛山地区更是十分典型。

佛山是当时全国少有的发达地区，亦是广东省主要商品粮基地。由于特殊的地理位置和开放政策，其经济发展一直较快。特别是1979至1981年，农村经济连续高速增长，在广东居领先地位，出现了经济发展的"黄金时代"。

但是，这个"黄金时代"与农村联产承包责任制的关系却不大。内地依靠联产承包，3年大变样，佛山没搞联产承包，照样发展较快。

所以，佛山对内地兴起的联产承包兴趣不大，对"双包到户"疑虑更多，认为没有必要去冒风险。

归结起来，佛山有类似江苏的"三怕"：怕发展的高速度慢下来；怕农作物的高产量掉下来；怕作为台柱子的社队企业垮下来。

为此，许多人认为家庭联产承包不过是解决温饱问题的权宜之计，贫困地区舍此无路可走，只好采取这种"没有办法的办法"，佛山地区情况这样好，发展这样快，没有必要采用这种办法。

因此，1980年，当包产到户已成为全国议论中心的时候，佛山地区只有个别县在个别社队试点，全地区几乎没有什么动静。

1981年，当"双包"已在全国各地显示出巨大威力时，佛山地区仍然只有顺德、中山等少数县进展较快，全区实行"双包"的生产队只占12.7%。

然而，事实证明，家庭联产承包并非佛山人所想象的那样只是摆脱贫困的权宜之计。它所蕴含的巨大生命活力决定了在发达地区的适用性，并会以其实践成就显示出优越性，为自己开辟前进的道路。

佛山同别的富裕地区一样，经济发展不平衡，存在薄弱环节和落后社队。

于是，家庭承包制首先在这些地方突破。

当时，顺德县不少社队都有一些边远鱼塘，产量很低，怎么也上不去，于是便承包给农户试试。

不料一包就灵，亩产从三四十公斤一跃而为三四百公斤，落后变先进，从而有力地推动了塘鱼生产的全面包干。

中山县的原来比较落后的板芙公社和南头公社，在实行了联产到劳和"双包到户"后，其产量超过了先进的社队，在全县引起了震动。

1981年，佛山地区粮食因灾减产，但少数实行了"双包"的社队却不减产，或少减产，或减产不减收。

"双包到户"进一步引起全地区的震动，许多农民和基层干部纷纷要求实行"双包"。

但是，当时由于不少领导干部还没有从根本上解决思想认识问题，家庭联产承包的推广尚只局限于经济作物。

1981年下半年，家庭联产承包在全国广泛推行，且显示出良好效果。

此时，佛山地区邻近的惠阳"双包到户"已达80%以上，效果显著。这时，地区的领导人深感推行联产承包制落后了，要加快步伐赶上。

11月间，中共广东省委领导人到佛山传达全国农村工作的会议精神，帮助各级干部进一步明确家庭联产承包制的社会主义性质和对发展农业生产的重大作用，推动进行农村改革。

从此，家庭联产承包制在佛山全区范围内迅速推广，当年即发展到70%，并取得了良好的效果。

在当时，一些受各种思想影响较大的特殊地方，农业生产责任制的推行相对缓慢，但是最终也突破重重阻力，得以发展起来。

在包产到户的推动下，中国农村走向了高速发展的道路。

中央一号文件确立政策

1981年12月,鉴于包产到户、包干到户给全国农村带来巨大变化的现实,中共中央召开了农村工作座谈会,着重讨论了农业生产责任制问题,形成了《全国农村工作会议纪要》(以下简称《纪要》)。

1982年1月1日,中共中央批转了这个《纪要》,即1982年一号文件。

《纪要》指出:

目前实行的各种责任制,包括小段包工定额计酬,专业承包联产计酬,联产到劳,包产到户、到组,包产到户、到组等,都是社会主义集体经济的生产责任制。不论采取什么形式,只要群众不要求改变,就不要动。

《纪要》还专门针对由凤阳县小岗生产队最先实行包产到户做了说明,指出:

包产到户这种形式在一些生产队实行后,经营方式起了变化,基本上变为分户经营、自负盈亏。但是,它是建立在土地公有制基础上的，农户和集体保持承包关系，由集体统一管理和使用土地、大型农机具和水利设施，接受国家的计划指导。有一定的公共提留，统一安排军烈属、"五保户"、困难户的生活，有的还在统一规划下进行农田基本建设。所以，它不同于合作社以前的小私有的个体经济，而是社会主义农业经济的组成部分。

一号文件对包产到户、包干到户是社会主义经济的界定，彻底地解决了人们对包产到户、包干到户的后顾之忧，促进了"双包"制在全国的广泛推行。

1982年9月，在中共十二大政治报告上，中共中央总书记胡耀邦再次明确肯定了建立农业生产责任制的积极意义。

胡耀邦指出：

> 近几年在农村建立的各种形式的农业生产责任制，进一步解放了生产力，必须长期坚持下去。只能在总结群众实践经验的基础上逐步加以完善，决不能违背群众的意愿轻率变动，更不能走回头路。

1983年1月1日，中共中央发出《当前农村经济政策的若干问题》的文件，即中共中央1983年一号文件。

一号文件对农村联产承包责任制给予了前所未有的高度评价。文件指出：

> 党的十一届三中全会以来，我国农村发生了许多重大变化。其中，影响最深远的，是普遍实行了多种形式的农业生产责任制。联产承包制越来越成为主要形式。联产承包责任制和各项农村政策的推行，打破了我国农业生产长期停滞不前的局面，促进农业从自给、半自给经济向着较大规模的商品生产转化，传统农业向着现代农业转化。

1983年中共中央一号文件的发出，促使农村家庭联产承包制迈向一个新阶段，发展更为深入。其突出特点就是各地纷纷根据中央文件精神，结合本地实际提出和制定有关政策和措施，特别是对"双包到户"等家庭联产承包制敞开了大门。

接着，1984年中央一号文件再次关注包产到户，并明确提出"土地承包期一般应延长在15年以上"。

至此，包产到户的合法地位被最终确立。

1984年中央一号文件和1982、1983年两个中央一号文件一样，得到了广大农民群众的热烈拥护。

据1984年1月26日《人民日报》报道：

中央1984年一号文件在山西省雁北地区农村引起强烈反响。农民说："俺们3年吃了3颗定心丸。第一颗定心丸，致富开了窍；第二颗定心丸，致富有了道；第三颗定心丸，致富顾虑消。"

同年1月28日，《辽宁日报》报道：

沈阳市广大农民听了中共中央1984年一号文件的传达后，普遍反映有3个更敢了：更敢放心大胆地规划农村商品生产了；更敢往地里投资施肥了；更敢搞长远农田建设了。

和山西、辽宁一样，3个一号文件的颁布，彻底打消了农民和干部的顾虑。

于是，关于包产到户的争议消失了，包产到户开始在农村得到稳步的发展。

包产到户取得巨大成功

1984年，中国改革开放已经走过了5个年头。

此时，随着中央文件精神的广泛深入贯彻，农村家庭联产承包制进一步扩展。

1984年，全国实行联产承包制的生产队有569万个。其中实行大包干的生产队563.6万个。当时，在全国仅有2000个生产队未实行联产承包制。

至此，联产承包制已在全国完全普及和扎根。

农村实行包产到户后，农村的面貌发生了巨大变化，农民变勤奋了，荒芜的土地变得肥沃了。

曾经靠合作社获得巨大成功，并闻名全国的山西大寨，在实行包产到户之初也心存疑虑：

> 咱大寨这条件，不适合搞包产到户。把大块地分得这一条那一条的，还不抵分成组哩。分成组，果园一组，农田一组，工业一组，农产品加工了就卖，那不都是钱？非要分成各家各户？有了灾怎么办？遭了灾谁管谁哩？

但在周围地方的影响和省、县的促进下，大寨还是采用了包干到户责任制。

实行大包干后，大寨人的生产积极性迅速高涨。很多农民高兴地说："砸了大锅饭，磨不推自转"。

承包第一年，大寨粮食总产首次突破百万斤大关，创大寨史上产粮最高纪录，人均收入猛增至544元，比上年翻了一番。

与大寨一样，广东佛山实行包产到户后，也取得了大丰收。佛山地区全面推行家庭联产承包制的第一年，农业总产值比上年增长16.7%，稻谷亩产，糖蔗、塘鱼、花生的总产均创历史最高水平。

当年全区社员人均收入达463元，比上一年增加112元。全区农村人均储蓄208元，为全国之冠。在贯彻1982到1984年中央3个一号文件精神的过程中，农村家庭联产承包制不仅继续向全国各地扩展，而且由农业扩展到林业、牧业、渔业和乡镇企业等农村各个生产领域。

在经济条件较好的江苏，包产到户为主的承包制催生了乡镇企业的高速发展。

在江苏省实行承包制后，无锡县堰桥乡首先把承包制引入乡镇企业。企业由职工或者厂长、经理承包，取得了很好的经济效益。

1983年实现利润增长72.8%，1984年又比1983年增长41.2%。

堰桥的经验迅速在苏州市、南京市等江苏省其他和江苏以外的省份扩展开来，从而大大促进了农村经济的发展。

与此同时，家庭联产承包制还推动了农村商品经济的发展。

在广大农村，实行包产到户后，农村迫切需要调整农村产业结构。

面对这一新的形势，1984年12月下旬，中共中央在北京召开了农村工作会议，确定了调整农村产业结构、进一步搞活农村经济的任务。

1985年1月1日，中共中央、国务院发布了《关于进一步活跃农村经济的十项政策》，即1985年一号文件。文件强调着手调整农村宏观经济政策，改革农产品统购派购制度。

上海青浦县在党的十一届三中全会后，首先有徐泾、华新等12个公社的1537个生产队，恢复实行小段包工、定额计酬形式。

1980年下半年，贯彻党中央七十五号文件后，多种形式的包产责任制迅猛发展。从西瓜、油菜籽、棉花等经济作物包产，发展到粮食作物包产；从部分作物联产到劳，发展到全部作物联产到劳。

至1982年10月，全县有1088个生产队实行全部作物联产到劳责任制，占生产队一半左右。实行单项作物联产到劳的生产队数的比例都不同程度地增加。

1983年，本县农业生产责任制从包产发展到以家庭为承包单位，统分结合，双层经营，取消分配中的工分环节，按最终产量直接分配，又称"大包干"，即"交足国家的，留好集体的，余下都是自己的"。

是年，全县实行大包干的生产队占总队数68.2%，1984年和1985年又有不同程度的提高。

1985年全县承包集体耕地50万亩，其中口粮田21万亩，占43%，平均每人口粮田0.62亩。

集体提留的公益金，从1984年起改为按全队折合总劳力平均提留，公积金和管理费仍按承包耕地面积提留。农户家庭承包集体耕地后，机耕、排灌和部分植保、种子等仍由集体经营。

全县293个大队都建立了农业服务队，1985年，服务队人员有9010名，项目有农机、排灌、植保、种子、科技等。

在坚持家庭承包的基础上，各种专业户不断涌现。1984年3月和6月，县委、县政府先后作出《关于支持发展粮食专业户若干问题的规定》和《关于支持发展多种经营专业户若干问题的规定》。县政府向873户粮食专业户发了《粮食专业户光荣证》。

1984年，连同部分粮食重点户共2102户农民，提供粮、棉、油折合商品粮达1877.5万公斤，平均每户8900公斤，商品率为72%。

根据县委农村工作部统计资料，全县1985年有各类专业户1777户。年总收入在1万元以上的有470户，其中净收入在1万元以上的有83户。

至1987年，各类专业户发展到6135户，农业专业户为 1057 户，承包耕地面积 1.2 万亩，占集体耕地面积的 2.31%。新经济联合体是在专业户发展的基础上建立起来的。至 1985 年，青浦县有新经济联合体 270 个，1986 年增至 700 多个。

至此，以家庭联产承包责任制为主的农村第一步改革基本结束，广大农民在包产到户为主的家庭联产承包责任制基础上，奋力拼搏，迅速走上致富之路！

本书主要参考资料

《国史全鉴》本书编委会编 团结出版社

《共和国五十年珍贵档案》中央档案馆编 中国档案出版社

《共和国经济风云》赵士刚主编 经济管理出版社

《包产到户沉浮录》徐勇著 珠海出版社

《难忘这八年（1975—1982）》程中原著 世界知识出版社

《小岗村与大包干》夏玉润著 安徽人民出版社

《万里在安徽》刘长根著 新华出版社

《大突破》马立诚编著 中华工商联合出版社

《转折：亲历中国改革开放》吴思 李晨著 新华出版社

《邓小平的最后二十年》余玮 吴志菲著 新华出版社

《华夏金秋》柏福临主编 吉林大学出版社

《中国现代史资料选辑》彭明主编 中国人民大学出版

《中南海三代领导集体与共和国经济实录》王瑞璞主编 中国经济出版社

《共和国经济风云中的陈云》孙业礼 熊亮华著 中央文献出版社